Tú serás mía

Peggy Moreland

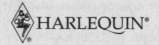

HARLEQUIN®

Editado por HARLEQUIN IBÉRICA, S.A.
Hermosilla, 21
28001 Madrid

I.S.B.N.: 84-671-2396-6
Depósito legal: B-4129-2005
Editor responsable: Luis Pugni
Composición: M.T. Color & Diseño, S.L.
C/. Colquide, 6 portal 2 - 3º H, 28230 Las Rozas (Madrid)
Fotomecánica: PREIMPRESIÓN 2000
C/. Algorta, 33. 28019 Madrid
Impresión y encuadernación: LITOGRAFÍA ROSÉS, S.A.
C/. Energía, 11. 08850 Gavá (Barcelona)
Fecha impresion para Argentina:1.2.06
Distribuidor exclusivo para España: LOGISTA
Distribuidor para México: CODIPLYRSA
Distribuidores para Argentina: interior, BERTRAN, S.A.C. Vélez
Sársfield, 1950. Cap. Fed./ Buenos Aires y Gran Buenos Aires,
VACCARO SÁNCHEZ y Cía, S.A.
Distribuidor para Chile: DISTRIBUIDORA ALFA, S.A.

Capítulo Uno

«Arisco».

Ésa era la palabra que la gente educada utilizaba para describir a Woodrow Tanner. Cuando no se quería ser tan educado y no había niños alrededor, se utilizaba un vocablo mucho más fuerte.

Sin embargo, a Woodrow le importaba muy poco lo que la gente lo llamara o pensara de él. Woodrow hacía lo que le venía en gana y, a los que no les gustara, que se fueran al infierno.

Tenía un rancho de setecientos cincuenta acres al suroeste de Tanner's Crossing y vivía en una casa de madera que se había construido en mitad de la propiedad.

Había decidido construirla en aquel lugar para intentar distanciarse lo más posible de los vecinos.

Vivía solo, únicamente acompañado por su perra, y la gente, las ciudades y los atascos lo sacaban de sus casillas.

En aquellos momentos, estaba metido en un embotellamiento en la autopista y su carácter normalmente arisco estaba llegando a límites peligrosos.

De haber tenido en aquellos momentos a su hermano Ace delante, le habría puesto un ojo morado por haberlo mandado a aquella misión.

Por supuesto, había intentado zafarse diciendo que fuera otro de sus hermanos, pero Ace le había asegurado que Ry tenía que atender su consulta médica y Rory estaba fuera de la ciudad comprando mercancías para su cadena de tiendas de artículos del Oeste.

Pero no se había molestado en poner ninguna excusa ni para él ni para Whit. Este último, que era su hermanastro, se libraba de casi todas las responsabilidades familiares, algo que a Woodrow no le hacía ninguna gracia.

Así que, al final, le había tocado a él ir a Dallas a ocuparse de aquel asunto.

Cuando vio su salida, la tomó y se relajó ya que allí ya no había atasco. Dos calles a la derecha y una a la izquierda y llegó al aparcamiento que había frente a un moderno edificio de cinco plantas.

Se estremeció al ver que era de cristal y metal pues a Woodrow le gustaban los materiales naturales como la piedra y la madera.

Cada vez más enfadado, se bajó de su furgoneta y se dirigió a la puerta principal. Una vez dentro, miró los buzones y tomó el ascensor hasta la quinta planta.

Allí había una puerta con una placa en la que se leía *Elizabeth Montgomery, médico pediatra*. Woodrow la abrió y se acercó a la recepción.

La mujer que estaba allí alzó la mirada y se quedó con la boca abierta.

Woodrow estaba acostumbrado a aquella reacción pues todos los hombres de la familia Tanner eran altos y guapos y creaban aquella reacción en casi todas las mujeres, lo quisieran o no.

–¿En qué puedo ayudarlo? –le preguntó la enfermera por fin.

–Estoy buscando a la doctora Montgomery –contestó Woodrow.

–¿Tenía usted cita con ella?

–No, vengo por un asunto personal.

–¿Sabía la doctora que iba a venir? –quiso saber la enfermera frunciendo el ceño.

–No.

–Deme usted su nombre para que la avise.

–Woodrow Tanner.

–Espere momento, por favor –dijo la mujer perdiéndose por un pasillo.

Woodrow esperó tamborileando con los dedos sobre el mostrador de cristal. Transcurridos unos segundos, la enfermera volvió hacia él.

Antes de hacerlo, se atusó los cabellos y se colocó la falda del uniforme. Woodrow no pudo evitar fijarse en que movía las caderas más que cuando se había ido.

–Lo siento, pero la doctora Montgomery no tiene hoy tiempo de recibirlo –le dijo jugueteando con el primer botón de su blusa–, pero, si quiere, le puedo dar cita para otro día.

A Woodrow le dio la impresión de que aquella mujer estaba flirteando con él. Si hubieran estado en otro lugar y en otras circunstancias, seguramente se habría planteado tener una aventura con ella, pero, dadas las circunstancias, prefería abandonar Dallas cuanto antes.

–¿A qué hora se cierra la clínica? –quiso saber.

–A las cuatro –sonrió la enfermera.

Woodrow se dio cuenta de que la mujer había creído que lo preguntaba por ella, pero se dijo que no era asunto suyo sacarla de su error.

–Esperaré –anunció al ver que eran las tres y media.

–Pase a la sala de espera –dijo la enfermera–. ¿Quiere beber algo?

Woodrow negó con la cabeza y se alejó hacia la sala de espera, convencido de que la oferta no incluía whisky, que era lo que necesitaba en aquellos momentos.

Sentado en una silla que parecía hecha para uno de los siete enanitos, Woodrow consideró pasar el rato hojeando las revistas que había sobre la mesa, pero el fijarse en sus títulos, *Good Housekeeping*, *Working Mother* y *Ladies Home Journal*, decidió no hacerlo.

Resignado a aburrirse, echó la cabeza hacia atrás y cerró los ojos. Poco después, se quedó dormido.

–Hay que llamar al laboratorio para ver si

tienen los análisis del hijo de los Carter. Dijeron que los tendrían el lunes a las cuatro.

Woodrow abrió los ojos.

Había una mujer en la puerta dándole instrucciones de última ahora a la enfermera. Al ver que llevaba una bata blanca y un estetoscopio colgado del cuello, Woodrow se dijo que debía de ser la doctora.

Se quedó mirándola. La verdad era que no lo parecía. Más bien, parecía una tía solterona. Para empezar, llevaba gafas y el pelo recogido en un moño alto.

Sin embargo, al fijarse más detenidamente, Woodrow se dio cuenta de que tenía una nuca preciosa en la que había unas manchas rosas.

¿Una marca de nacimiento? ¿Un sarpullido? Fuera lo que fuese, a Woodrow le entraron unas enormes ganas de besarle el cuello.

—El doctor Silsby se hará cargo de mis pacientes —oyó que decía la doctora—. He dejado el número donde me puedes localizar si hay alguna urgencia y, por supuesto, me llevo el busca.

¿La doctora se iba de la ciudad? Woodrow miró a la enfermera, que le guiñó el ojo disimuladamente.

Al darse cuenta de que lo mejor que podía hacer era salir cuanto antes de allí, Woodrow se levantó y salió sigilosamente de la consulta.

Esperó a la doctora junto a los ascensores y unos minutos después la vio aparecer. Woodrow llamó al ascensor y le abrió la puerta.

—¿Va usted hacia abajo?

–Sí, gracias –contestó la doctora.

Woodrow apretó el botón de la planta baja y ambos se quedaron en silencio mientras el ascensor descendía.

Aquella mujer desprendía aquel olor limpio y estéril propio de los médicos, pero bajo él había una pizca de perfume más femenino.

Cuando llegaron a la planta baja, Woodrow le abrió la puerta y la dejó pasar.

–Gracias –dijo ella saliendo del ascensor sin mirarlo.

–¿Es usted la doctora Elizabeth Montgomery? –le preguntó Woodrow colocándose a su lado.

–Sí –contestó ella sin pararse.

Al llegar a la puerta principal, Woodrow se la volvió a abrir y la volvió a dejar pasar. De nuevo, ella le dio las gracias sin mirarlo a los ojos.

–Me gustaría hablar con usted –le dijo Woodrow.

–Lo siento, pero tengo prisa.

Al llegar a su coche, un Mercedes, la doctora abrió la puerta a toda velocidad. Woodrow se dio cuenta de que le temblaban las manos.

–No le voy a robar –le aseguró–. Sólo quería hacerle unas preguntas.

–Ya le he dicho que tengo prisa.

–Es sobre su hermana –insistió Woodrow agarrando la puerta.

–¿Conoce usted a mi hermana? –exclamó la doctora mirándolo sorprendida.

–No –contestó Woodrow–. Personalmente, no.

–Hace años que no la veo –dijo Elizabeth palideciendo–. ¿Tiene problemas?

–Yo no diría exactamente eso –contestó Woodrow no sabiendo exactamente qué decirle.

–Si necesita dinero, dígale que venga en persona a pedírmelo.

–No, no necesita dinero –contestó Woodrow cada vez más incómodo.

–Entonces, ¿qué quiere? –preguntó Elizabeth impaciente–. Normalmente, siempre que se pone en contacto conmigo, es porque necesita dinero.

–Bueno... su hermana... ha muerto –le dijo Woodrow por fin.

–¿Ha muerto? ¿Mi hermana ha muerto? –repitió Elizabeth visiblemente afectada.

–Sí, hace poco más de un mes –contestó Woodrow dándose cuenta de que se le saltaban las lágrimas–. Sí, lo cierto es que Star...

–¿Star? Mi hermana no se llama Star. Se llama Renee, Renee Montgomery –suspiró Elizabeth aliviada–. Dios mío, menos mal. Creía que había muerto– añadió dejando caer la cabeza hacia delante–. Lo siento, pero tengo prisa, se ha confundido usted de persona –concluyó levantándola.

–Espere –dijo Woodrow sacándose la fotografía que Ace le había dado–. ¿Es ésta su hermana?

–Lo siento, lo siento mucho, pero se ha confundido usted. Mi hermana se llama Renee, no Star –contestó la doctora intentando meterse en el coche.

–Mire la fotografía.

Elizabeth tomó la fotografía y la miró. Woodrow se dio cuenta de que volvía a palidecer y le temblaban los labios.

–No lo entiendo –dijo con incredulidad–. ¿De dónde ha sacado usted esta fotografía? –preguntó Elizabeth dejándose caer en el asiento del coche.

–Me la ha dado Maggie Dean, la mujer de mi hermano Ace. Trabajaba con Star.

–No se llama Star –insistió Elizabeth volviendo a mirar la fotografía–. Se llama Renee Montgomery.

–Mire, ya sé que todo esto la ha pillado por sorpresa y lo siento mucho, pero hay más –dijo Woodrow poniéndose en cuclillas a su lado.

–¿Más? –sonrió Elizabeth con tristeza–. ¿Qué más tiene usted que decirme aparte de que mi hermana está muerta?

–Su hermana tuvo una hija –la informó Woodrow.

–¿Una hija?

–Sí.

–¿Y dónde está?

–Con Ace y con Maggie. Antes de morir, le hizo prometer a Maggie que le entregaría la niña a su padre.

–¿Su hermano Ace es el padre de mi sobrina?

–No, el padre de su sobrina es mi padre, Buck Tanner –contestó Woodrow dándose cuenta de que aquello se complicaba por momentos.

Elizabeth se masajeó las sienes como si le estuviera empezando a doler la cabeza.

–¿Y por qué tiene Ace a la niña y no su padre?

–Porque mi padre murió. Le dio un infarto dos días después de que muriera Renee.

–No me lo puedo creer –murmuró Elizabeth echando la cabeza hacia atrás y cerrando los ojos.

–Le aseguro que es la verdad.

Elizabeth no se movió ni dijo nada y Woodrow comprendió que era entonces o nunca.

–Verá, mi hermano contrató a un detective privado para ver si Renee tenía familia. Así la hemos localizado a usted. La cosa es que mi hermano y su mujer quieren adoptar a la niña. Por eso he venido a hablar con usted, para que les dé su aprobación.

Elizabeth negó con la cabeza.

–Ahora mismo, no puedo hablar de eso. Necesito tiempo para asimilar lo que me ha dicho, para pensar –le dijo tapándose la cara con las manos–. Oh, Dios mío, Renee.

–Me voy a quedar a dormir esta noche en la ciudad –dijo Woodrow poniéndose en pie, sacándose un papel del bolsillo y garabateando algo–. Aquí le dejo el número de mi teléfono móvil –añadió entregándoselo–. Llámeme cuando quiera hablar.

Aquella tarde, todavía atontada ante la muerte de su hermana, Elizabeth se cruzó de brazos y se quedó mirando a través del ventanal del salón.

En el jardín, un colibrí saltaba de flor en flor mientras dos ardillas se perseguían entre los árboles.

A su espalda, Ted Scott, su prometido, estaba sentado a la mesa. Elizabeth sentía su desaprobación y aquello le pesaba y se añadía al dolor que ya la atenazaba.

–Sé que estás disgustada –le dijo con impaciencia–. Lo entiendo, pero me parece una tontería cancelar el viaje. Lo hemos planeado mucho y, además, no tienes que organizar el entierro ni el funeral ni nada porque todo eso ya ha pasado.

Al oír aquellas palabras, a Elizabeth se le llenaron los ojos de lágrimas. Había perdido a su hermana y ni siquiera había podido ir a su funeral para darle el último adiós.

Le entraron unas terribles ganas de llorar y cerró los ojos con fuerza, rezando para que, por una vez, Ted fuera hacia ella, la abrazara y la consolara.

Por supuesto, no fue así.

–No, me tengo que quedar –le dijo–. Tengo que decidir qué voy a hacer.

–¿Con la niña?

Elizabeth asintió.

–No se te estará pasando por la cabeza adoptarla tú, ¿verdad? Seguro que es retrasada o algo porque me dijiste que tu hermana se drogaba, ¿no?

Aquellas palabras tan brutales la enfurecieron.

–¿Y te crees que eso me importa? –le espetó volviéndose hacia él–. Tengo una sobrina, el único pariente que tengo vivo en el mundo y no pienso renunciar a los derechos que tengo sobre ella y olvidarme de su existencia.

Entonces sí que Ted se puso en pie y fue hacia ella.

–Perdona –murmuró agarrándola de la cintura–. Entiendo perfectamente que te sientas responsable de esa niña, pero lo que te estoy diciendo es que no te apresures. No tomes decisiones ahora porque estás muy afectada. Una semana fuera te sentaría bien, te ayudaría a asimilar la pérdida y a ver las cosas con cierta perspectiva.

Elizabeth escondió el rostro en la curva de su cuello, abrazándolo con desesperación en busca de su consuelo, y su comprensión, pero, por muy fuerte que lo abrazara, no sentía nada.

Aquel cuerpo no le transmitía cariño ni comprensión y, mucho menos, consuelo. Sólo le transmitía rigidez y frialdad.

–No puedo ir contigo, Ted –le dijo descorazonada.

Ted la soltó tan rápido que Elizabeth estuvo a punto de perder el equilibrio.

–Muy bien, pero si te crees que me voy a quedar agarrándote de la manita mientras lloras por una hermana a la que hacía años que no veías, te equivocas. Me voy a Europa, contigo o sin ti.

–Entonces, llévate esto –dijo Elizabeth quitándose el anillo de compromiso y entregándoselo.

Ted la miró furioso, agarró el anillo de malas maneras, se lo metió en el bolsillo y salió dando un portazo.

Elizabeth dejó escapar el aire que había estado aguantando, cerró la puerta con llave, apoyó la espalda en ella y dejó caer la cabeza entre las manos.

–Sí –dijo Woodrow–. Sigo en Dallas –añadió mirando el tráfico, que todavía era espantoso a las siete de la tarde–. Pero no pienso quedarme mucho más –le advirtió a su hermano.

–¿Has hablado con ella?

–Sí, pero no he conseguido mucho.

–¿Sabes siquiera si quiere la custodia de la niña?

–No, no lo sé. Me dijo que no lo podía decidir en aquellos momentos. Que necesitaba tiempo para pensar.

–Es normal –contestó Ace–. Primero se entera de que su hermana ha muerto y luego de que tiene una sobrina.

14

—Sí, no debe de ser fácil para ella.

—¿Cuándo la vas a volver a ver?

—Le di mi teléfono móvil y le dije que me llamara cuando quisiera.

—¿Y ya está?

—¿Y qué más quieres que haga? —preguntó Woodrow con impaciencia.

—Invítala a venir aquí —sugirió Ace.

—¿Cómo?

—Dile a la hermana de Star que venga a pasar una temporada al rancho. No nos conoce de nada y es normal que no quiera entregarnos la custodia de la niña, así que lo mejor es que vea que somos gente normal.

—¿Normal? —rió Woodrow—. Pero si no hay nada de normal en nuestra familia. Vivimos de escándalo en escándalo.

Elizabeth jugueteaba nerviosa con el papel en el que Woodrow Tanner le había escrito el número de su teléfono móvil.

Le había dicho que lo llamase cuando quisiera hablar.

Suponía que se refería a que lo llamara cuando hubiera decidido qué hacer con la niña y lo cierto era que Elizabeth todavía no había decidido nada.

Sin embargo, tenía cientos de preguntas. ¿Cómo había muerto Renee? ¿Había muerto sola? ¿Cuánto tiempo tenía el bebé? ¿Se parecía a su hermana? ¿Por qué no se había casado el padre de Woodrow con ella? ¿Dónde vivía Renee? ¿Y dónde trabajaba? ¿Dónde la habían enterrado? ¿Les había dicho que tenía una hermana? ¿Por qué habían contratado a un detective privado para que la localizara?

Decidiendo que Woodrow Tanner tenía las respuestas, marcó el número. Cuando tuviera más información, podría tomar una decisión sobre qué hacer con su sobrina.

–¿Sí?

–¿Señor Tanner?

–Al aparato.

–Eh... soy la doctora Elizabeth Montgomery.

–Sí, ya lo sé. Tengo uno de esos móviles modernos que te dicen quién está llamando e incluso te dicen la hora que es. Por si lo quiere saber, es la una y media de la mañana.

Elizabeth hizo una mueca de disgusto pues no se había dado cuenta de que fuera tan tarde.

–Lo siento, lo llamaré por la mañana.

–No, no se preocupe, no estaba durmiendo –le aseguró Woodrow.

–Ah... mire, lo llamaba para hablar de lo que me dijo esta mañana... de lo de la custodia, señor Tanner –le aclaró.

–Woodrow.

–¿Cómo?

–Woodrow, me llamo Woodrow.

–Ah, sí, claro. Bueno, he estado pensando, Woodrow, que necesito hacerte unas cuantas preguntas.

–¿No tendrás por casualidad café hecho?

–¿Café?

–Sí, ya sabes, ese líquido negro.

–No, ¿por qué?

–Pon una cafetera al fuego.

–¿Vas venir a mi casa?

–Ya estoy aquí.

–¿Estás aquí?

–Sí, estoy en la puerta.

Elizabeth se apresuró a abrirle y se maravilló ante lo alto y fuerte que era. Ya se lo había parecido hacía aquella tarde, pero ahora, al fijarse en sus andares de John Wayne, se lo pareció todavía más.

–Creo que ya no vamos a necesitar esto –comentó Woodrow apagando su teléfono móvil.

–No, creo que no –contestó Elizabeth guardando el suyo y mirándolo como atontada.

–¿Me vas a invitar a pasar?

–Sí, claro que sí –contestó Elizabeth sonrojándose.

–Tienes una casa muy bonita.

–Muchas gracias, a mí también me gusta –contestó Elizabeth dándose cuenta de que no sabía absolutamente nada de aquel hombre–. ¿Te importaría dejarme tu carné de conducir?

Woodrow la miró sorprendido, pero se sacó la cartera del bolsillo.

–Me parece un poco tarde para preocuparte por tu seguridad, ¿no?

Elizabeth anotó sus datos.

17

Woodrow Jackson Tanner, RR4 Tanner's Crossing, Texas.

A continuación, miró la fotografía y la comparó con el original.

–No pareces el mismo.

–Es de hace un par de años –contestó Woodrow guardándose la cartera–. Habré cambiado.

–Lo decía porque en la fotografía pareces más... amable.

Woodrow frunció el ceño.

–¿Qué hay de ese café?

–Sí, ahora mismo lo preparamos –contestó Elizabeth–. Siéntate. Perdona por mi comentario, no ha sido mi intención ofenderte.

–Me has dicho por teléfono que me querías hacer ciertas preguntas –dijo Woodrow ignorando su comentario.

–Sí, así es –admitió Elizabeth midiendo el café.

–Dispara.

–¿Dónde vivía Renee? –preguntó Elizabeth poniendo la cafetera al fuego y sentándose frente a él.

–¿No lo sabes?

–No, hacía casi cinco años que apenas teníamos contacto.

–Vivía en Killeen –contestó Woodrow.

Elizabeth se quedó alucinada de que su hermana viviera a tan sólo tres horas de coche de ella.

–Me dijiste que no la conocías, ¿verdad?

—No, no sabía nada de ella hasta que Maggie apareció en nuestra casa con la niña.

—Que es hija de tu padre, ¿no?

—Sí —murmuró Woodrow.

—¿Y no estaban casados?

—No conocías a mi padre —contestó Woodrow chasqueando la lengua.

—Lo dices como si tu padre tuviera por costumbre... ir por ahí teniendo hijos.

—Así era.

Elizabeth se levantó a servir el café mientras se preguntaba qué habría visto su hermana en un hombre tan mayor que podría haber sido su padre.

—¿De que murió? —preguntó apretando la taza con ambas manos.

—De una complicación del parto, pero no sé los detalles. Sin embargo, Maggie podría contártelo todo.

—¿Maggie es la mujer de tu hermano?

—Sí, se han casado hace poco, hace un par de días. Ace la contrató para que se encargara de la niña y han terminado casándose.

—¿Se han enamorado? —preguntó Elizabeth sorprendida.

—Supongo. Si es que el amor existe. Parece que les va bien y los dos están como locos con la niña —contestó Woodrow—. ¿Por qué no vienes conmigo y lo ves con tus propios ojos? —le sugirió.

—¿Qué? —preguntó Elizabeth sorprendida.

—Ven a Tanner's Crossing conmigo y, así, ves

a la niña y conoces a Woodrow, a Maggie y a mis otros hermanos.

La idea de tener que hacer frente al pasado de su hermana la aterrorizó. ¿Qué tipo de persona sería Renee? ¿Sería capaz de ceder a la niña en adopción después de haberla tenido en sus brazos?

—Voy a hacer las maletas —contestó tragando saliva.

Capítulo Dos

Woodrow había creído que Elizabeth dormiría durante el viaje porque la había visto echar la cabeza hacia atrás y cerrar los ojos, pero no fue así.

Se había dado cuenta porque tenía los músculos del rostro tensos y las manos entrelazadas en el regazo con tanta fuerza que los nudillos se le habían quedado blancos.

–¿Ya hemos llegado? –preguntó al sentir que la furgoneta se había parado.

–Sí –hemos llegado a mi casa.

–¿No íbamos a casa de tu hermano? –preguntó Elizabeth alarmada.

–Todavía no ha amanecido y estarán durmiendo. Es mejor que nosotros intentemos dormir también un par de horas y luego iremos al Bar-T –contestó Woodrow bajándose de la furgoneta–. ¿Algún problema? –añadió al ver que Elizabeth miraba hacia su casa con expresión de preocupación.

–Muchas gracias, pero no necesito dormir –contestó Elizabeth haciendo un esfuerzo por sonreír–. No estoy cansada en absoluto. Preferiría ir ahora mismo a casa de tu hermano.

–No es una buena idea –le aseguró Woodrow–. Despertar a Ace antes de su hora es realmente peligroso.

–¿Por qué? –quiso saber Elizabeth mientras bajaba de la furgoneta ayudada por Woodrow.

–Porque tiene muy mal despertar –contestó Woodrow ocupándose de su equipaje e indicándole que abriera la puerta de la casa–. Una vez, estábamos de campamento y Rory y yo lo despertamos y, en un abrir y cerrar de ojos, nos tenía en la mira de su rifle.

–¿Os iba a disparar? –preguntó Elizabeth asustada.

–No lo sé. No nos quedamos para averiguarlo. Salimos corriendo como almas que lleva el diablo –contestó Woodrow–. La luz está a la izquierda.

Elizabeth tanteó la pared con la mano mientras se preguntaba por qué había accedido a ir a Tanner's Crossing.

Por lo menos, tendría que haber llevado su coche.

Así, podría haberse ido a dormir a un hotel y no tendría que estar en aquellos momentos buscando el interruptor de la luz en casa de un hombre al que no conocía de nada.

Recriminándose a sí misma su anormal impulsividad, encontró el interruptor y dio la luz. Ante ella, vio un salón con chimenea de piedra, una pequeña cocina y una puerta cerrada.

Para su sorpresa, la casa de Woodrow se le antojó calida y acogedora.

–Tú vas a dormir aquí –dijo Woodrow abriendo la puerta, que estaba cerrada, y dando la luz.

–¿Y tú dónde vas a dormir? –preguntó Elizabeth al darse cuenta de que aquel era su dormitorio.

–En el sofá –contestó Woodrow–. Las sábanas están cambiadas. Las cambié yo mismo ayer por la mañana antes de irme a Dallas.

–No hace falta que me cedas tu cama –le aseguró Maggie incómoda ante la idea de dormir en la cama de un desconocido–. Ya duermo yo en el sofá.

–No, no me han educado para dejar que una mujer duerma en el sofá y yo en la cama –contestó Woodrow muy serio–. El baño está ahí –añadió indicándole una puerta entornada–. Tienes toallas limpias en el armario. Si te despiertas tú primero, la cafetera está en el armario que hay encima del frigorífico–. Buenas noches –concluyó cerrando la puerta.

Elizabeth se quedó mirando un buen rato la puerta cerrada.

–Buenas noches –fue capaz de decir por fin.

Woodrow se tumbó en el sofá.

Normalmente, dormía desnudo, pero se había dejado los calzoncillos puestos por deferencia a la invitada.

No quería que le diera un infarto si se despertaba primero e iba a la cocina a hacer café.

Al oír un ruido en la puerta, maldijo en voz baja. Se había olvidado de la perra. Suspiró y fue a abrirle la puerta.

Blue entró encantada y quiso subirse al sofá con él, pero Woodrow le indicó que no había sitio para los dos y que se tumbara ante la chimenea.

La perra accedió, pero aulló con tristeza para hacerle entender que no le gustaba la nueva situación.

A los pocos minutos, dueño y perra roncaban encantados.

En la habitación de al lado, Elizabeth, tapada hasta las orejas y con los ojos muy abiertos, tomaba aire lenta y profundamente.

No se podía dormir y no era porque el hombre que estaba en el dormitorio contiguo le diera miedo.

No podía dormir porque tenía remordimientos.

Renee.

Aunque las lágrimas le quemaban los ojos y se le había formado un nudo en la garganta, no podía llorar, pero cuánto lo deseaba.

Le hubiera gustado abrir las compuertas y dejar escapar todas las emociones que había suprimido durante tantos años.

Le hubiera gustado llorar hasta quedarse sin lágrimas, hasta haberse vaciado de dolor, hasta haberse librado del autocontrol que se había impuesto para sobrevivir.

Renee.

Recordó a su hermana pequeña, recordó cómo la peinaba y le ponía lazos en el pelo para ir al colegio, recordó sus preciosos ojos azules.

«¿En qué me equivoqué? ¿Por qué huiste de mí?», se preguntó con tristeza.

Aquellas preguntas la habían perseguido durante años y no había encontrado ninguna respuesta.

Decidida a dormir, se giró, cerró los ojos con fuerza y se dispuso a utilizar una técnica que su terapeuta le había aconsejado para hacer frente al insomnio que sufría hacía tiempo.

Siguiendo sus indicaciones, se imaginó en un lugar sereno y tranquilo, en un paisaje de flores y hierba, árboles y un precioso arroyo.

Se tumbó en la hierba y aspiró el aroma de las flores, escuchó el delicioso correr del agua y el cantar de los pájaros.

Sus nervios comenzaron a tranquilizarse. La brisa que le acariciaba el pelo y el sol que le daba en la cara hicieron que su cuerpo se estirara feliz.

De repente, oyó un ruido y dio un respingo.

¿Era la puerta que se estaba abriendo? Quizá fuese Woodrow. Elizabeth se incorporó y miró hacia la puerta, pero no había nada, así que dejó caer la cabeza de nuevo sobre la almohada y cerró los ojos.

Se volvió a imaginar en el idílico prado y, poco a poco, la tensión fue cediendo y se quedó dormida.

Un gritó escalofriante lo despertó.

Woodrow se incorporó al instante con el corazón en un puño y parpadeó varias veces algo desorientado. Al acordarse de que la doctora estaba durmiendo en su habitación, corrió hacia allí.

Al encender la luz, dio a Elizabeth hecha un ovillo contra el cabecero de madera de la cama. Tenía la cara tapada con las manos y parecía asustada.

Blue estaba tumbada a los pies de la cama, donde solía dormir.

–Ya te vale, Blue –le recriminó agarrándola del cuello y haciéndola bajar al suelo–. Fuera –le ordenó señalando la puerta.

La perra obedeció con la cola entre las patas.

–Era Blue, mi perra –le explicó a la doctora.

–Creí que era... –contestó Elizabeth apartándose las manos de la cara e interrumpiéndose al instante.

Entonces, Woodrow se dio cuenta de que sólo llevaba puestos los calzoncillos, pero se dijo que no tenía por qué pedir perdón pues, al fin y al cabo, todo había sido tan repentino que no le había dado tiempo a vestirse.

–Pues tienes suerte porque normalmente

duermo desnudo –gruñó saliendo de la habitación.

Elizabeth ni siquiera volvió a intentar dormirse.

La perra le había dado un buen susto al subirse a la cama, pero el sobresalto de ver a Woodrow en calzoncillos había sido todavía más grande.

Tragó saliva y se dirigió al baño, donde se lavó la cara con agua fría.

No podía apartar de su mente la imagen de Woodrow prácticamente desnudo. ¡Qué cuerpo tan impresionante tenía!

«Normalmente duermo desnudo».

Elizabeth se secó la cara con una toalla intentando no imaginarse lo que había debajo de aquellos calzoncillos azul marino.

¿Qué le estaba pasando? ¡Era médico! Había tenido infinidad de pacientes hombres y había estado durante dos años acostándose con Ted.

Se miró al espejo y se dio cuenta de que ver a su ex novio desnudo jamás le había provocado tanto deseo como ver a Woodrow Tanner.

–Ha sido el susto –se dijo en voz alta pasándose los dedos por el pelo.

Sí, abrir los ojos y encontrarse a Woodrow junto a su cama casi desnudo había sido toda una conmoción, pero nada más.

Aunque las piernas le flaqueaban, volvió al

dormitorio y decidió que, ya que se había despertado temprano, se ducharía y se vestiría para conocer a la familia de Woodrow y a su sobrina.

Obviamente, no iba a poder volverse a dormir sabiendo que en la habitación de al lado estaba Woodrow medio desnudo.

—Son buena gente —dijo Woodrow al llegar a casa de Ace y Maggie—. Quieren a la niña como si fuera suya.

—No dudo un momento que sean buenas personas —contestó Elizabeth— y les estoy muy agradecida por lo que han hecho por mi sobrina.

Woodrow se preguntó si eso querría decir que iba a renunciar a sus derechos sobre la pequeña para cedérsela a su hermano y a su cuñada.

—Ya estamos aquí —gritó abriendo la puerta.

Ace apareció en la puerta del salón con enormes ojeras, como si no hubiera dormido bien en un mes.

—Hola, soy Ace Tanner —se presentó yendo hacia ella con la mano alargada—. Y ésta es mi esposa, Maggie —añadió tomando a su mujer de la cintura.

—Elizabeth Montgomery —contestó Elizabeth estrechándoles la mano a los dos—. Encantada de conocerlos.

Maggie asintió a forma de saludo y Woodrow se preguntó qué le ocurría a su cuñada. Normalmente, era amable y simpática, pero aquella mañana parecía ausente e incluso resentida.

—Pasemos al salón para hablar más tranquilamente —dijo Ace.

Las mujeres pasaron primero y Woodrow enarcó una ceja al pasar junto a su hermano.

—Luego te cuento —murmuró Ace—. Maggie ha hecho bollos de canela y café —añadió en voz alta.

—Yo tengo hambre, la verdad —contestó Woodrow—. Además, los bollos de canela de Maggie son los mejores del mundo —sonrió.

—¿Y usted? —le preguntó Ace a la doctora.

—No, gracias, yo no quiero nada.

—¿Seguro?

—Sí, gracias, seguro.

Antes de que nadie pudiera decir nada más, Maggie se dirigió a la puerta.

—Ya voy yo —anunció perdiéndose por el pasillo.

Ace suspiró e intentó entablar una conversación.

—¿Qué tal el viaje desde Dallas?

Al ver que la doctora no contestaba, Woodrow lo hizo.

—Muy bien, llegamos antes del amanecer y hemos intentado dormir un par de horas antes de venir para acá.

Ace asintió, algo incómodo por no saber qué más decir.

—Me gustaría ver a mi sobrina —declaró la doctora.

—Está dormida. Espere un rato.

Woodrow se dio cuenta de que a la doctora no le apetecía nada esperar, pero asintió con paciencia.

En ese momento, volvió Maggie con la cafetera y una fuente llena de dulces.

—Tomas el café solo, ¿verdad? —le preguntó a su cuñado.

—Sí —contestó Woodrow.

Maggie le sirvió una gran taza acompañada de un par de bollos de canela, que Woodrow probó al instante deleitándose con su delicioso sabor.

—Si no estuvieras casada, me pondría ahora mismo de rodillas y te pediría matrimonio —le aseguró relamiéndose.

—¿De verdad? —sonrió Maggie sentándose junto a su marido—. Creía que eras un soltero empedernido.

—Lo soy, pero hay que estar loco para dejar pasar a una mujer que cocine tan bien como tú —contestó Woodrow.

—Lo siento, hermanito, pero ésta ya se te ha escapado —intervino Ace.

En ese momento, Elizabeth carraspeó reclamando la atención de los demás.

—Woodrow no me ha sabido explicar cómo murió Renee —declaró mirando a Maggie—. Me dijo que usted me lo explicaría.

—Murió de eclampsia —contestó Maggie.

–Toxemia –dijo Elizabeth pensativa–. ¿Y su obstetra no se dio cuenta para tomar precauciones? –añadió frunciendo el ceño.

Maggie se encogió de hombros, visiblemente incómoda.

–Si Star hubiera ido de manera regular a verlo, supongo que así habría sido, pero me dijo que, después de enterarse de que estaba embarazada, no volvió a aparecer por su consulta.

En ese momento, el llanto de un bebé interrumpió la conversación.

–Es Laura, voy a buscarla –anunció Maggie poniéndose en pie.

La doctora también se puso en pie.

–¿Puedo ir yo, por favor?

Maggie abrió la boca como si le fuera a decir que no, pero, finalmente, se volvió a sentar y giró la cabeza.

–Es la tercera puerta de la izquierda.

Elizabeth se guió por el llanto de la pequeña, contó las puertas y, al llegar a la tercera, se paró, tomó aire, la abrió y entró.

La habitación estaba iluminada por los rayos del sol y la cuna estaba situada contra una de las paredes, entre ventanales.

Su sobrina estaba a tan sólo unos metros de ella, pero le daba miedo acercarse.

¿Se parecería a Renee? ¿Tendría su pelo rubio y rizado? ¿Y sus impresionantes ojos azules?

¿Sería capaz de soportarlo si así fuera?

31

La niña se puso a llorar con más fuerza y Elizabeth se acercó con cautela. Entonces, un puño enfurecido atravesó el aire. Elizabeth se acercó un poco más y vio a la niña.

«Mi sobrina», pensó tragando saliva.

Dio un paso más y se apoyó en la cuna.

Aquella niña era un ángel. Aunque lloraba y pataleaba, Elizabeth se dijo que tenía ante sí la carita de un ángel.

La niña siguió llorando, cada vez con más fuerza.

Elizabeth la tomó en brazos con cuidado, se dirigió a la mecedora que había junto a uno de los ventanales y se sentó.

Se quedó observando a su sobrina, maravillada ante la perfección de sus rasgos. Le acarició la cara y la niña dejó de llorar y la miró.

Tenía los mismos ojos azules de su madre.

«Oh, Dios mío, Renee», pensó Elizabeth con tristeza abrazando a la niña. «¿Por qué te has muerto?», se lamentó mientras una lágrima le resbalaba por la mejilla.

En el salón, Ace estaba sentado en el borde de una butaca con los codos sobre las rodillas y la cabeza entre las manos mientras Maggie se paseaba nerviosa mordiéndose las uñas.

Woodrow los observaba dándose cuenta de su preocupación y no era para menos ya que la doctora llevaba más de diez minutos a solas con la niña.

–¿Queréis que vaya a ver? –se ofreció.

–¿No te importa? –contestó Maggie visiblemente aliviada.

–No –intervino Ace–. Tiene derecho a estar a solas con la niña.

–Pero Laura debe de tener hambre –exclamó Maggie–. Voy a prepararle un biberón.

–No, Maggie, dale tiempo –le contestó su marido poniéndose en pie y agarrándola del brazo.

–¡Pero si lleva con ella una eternidad!

–Maggie, no seas injusta.

–Oh, Ace –se lamentó Maggie dejando caer la frente sobre su pecho–. Por favor, no dejes que se la lleve. Por favor, no dejes que se la lleve.

–Vamos a hacer todo lo que podamos para que Laura se quede con nosotros –la consoló su esposo–. Te lo prometo –añadió acariciándole el cuello.

–Voy a ver si la doctora necesita algo –anunció Woodrow poniéndose en pie–. A lo mejor, quiere darle el biberón.

–Gracias –le dijo su hermano.

Woodrow salió del salón, avanzó por el pasillo y se paró ante la habitación que ocupaba la niña sin saber muy bien si debía llamar o simplemente entrar.

Indeciso, apoyó el oído en la puerta y escuchó. Al no oír nada, decidió entrar. Al hacerlo, vio a la doctora sentada en la mecedora con la niña en el regazo.

–¿Doctora? –le dijo en voz baja acercándose con cuidado–. ¿Doctora? –repitió colocándose en cuclillas ante ella–. ¿Estás bien?

Elizabeth abrió los ojos y el dolor y la tristeza que Woodrow vio en ellos le rompieron el corazón.

–Renee –dijo Elizabeth abrazando a la niña contra su pecho–. Es exactamente igual que Renee.

–No lo sabía –contestó Woodrow sin saber muy bien qué decir.

–Yo… yo... –dijo Elizabeth con la voz entrecortada por las lágrimas–. No podía hacer nada para impedírselo. Mi hermana huía de mí.

Woodrow le puso la mano en la rodilla para consolarla y le quitó las gafas con sumo cuidado.

–Estoy seguro de que no fue culpa tuya.

–Sí, sí lo fue –contestó Elizabeth a lágrima viva–. Se suponía que yo tenía que cuidarla y protegerla.

–Venga, tranquilízate –intentó consolarla Woodrow–. Si sigues así, te vas a poner enferma.

Elizabeth abrazó a la niña con fuerza sin dejar de llorar.

–¿Woodrow?

Al oír la voz de su hermano a sus espaldas, Woodrow se giró y vio que Maggie también estaba en la puerta, mirándolos.

Woodrow se puso en pie.

–Dame a la niña –le dijo a Elizabeth.

La doctora obedeció como en estado de trance.

Woodrow tomó a Laura en brazos y se la entregó a Ace.

–Elizabeth no se encuentra bien –les explicó–. Creo que será mejor que volvamos a mi casa para que se tranquilice un poco.

–¿Seguro que puedes tú solo con esto? –le preguntó su hermano.

–Me parece que no voy a tener más remedio –contestó Woodrow.

Esperó a que Ace y su cuñada se hubieran ido para volverse a acercar a Elizabeth, que seguía en la mecedora llorando sin parar.

Woodrow tomó aire y volvió a arrodillarse frente a ella.

–Nos vamos a ir a mi casa para que descanses –le dijo.

Elizabeth no contestó. Al ver que lloraba cada vez más, Woodrow le dio un pañuelo.

–Deben de creer que estoy loca –dijo ella aceptándolo.

–¿Quiénes? ¿Maggie y Ace? No te preocupes por ellos –le dijo Woodrow guardándose las gafas en el bolsillo de la camisa–. Lo comprenden perfectamente. Venga, sécate las lágrimas y vámonos a mi casa.

–No puedo parar de llorar –balbució Elizabeth.

–Pues no lo hagas –contestó Woodrow–. Me

da la impresión de que hacía mucho tiempo que no llorabas y ya lo ibas necesitando.

Para cuando llegaron a su casa, Elizabeth se había quedado dormida y, no queriendo despertarla, Woodrow la tomó en brazos y se dirigió al dormitorio.

Al dejarla sobre la cama, abrió los ojos.

—No te vayas, por favor —imploró.

Woodrow no tenía mucha paciencia y no estaba acostumbrado a tantas lágrimas, pero decidió que era humano atender el ruego de aquella mujer, así que se resignó y la abrazó.

Aunque se quedó inmediatamente dormida, Woodrow sintió que se estremecía y que el cuerpo se le convulsionaba y se dijo que debía de ser por el disgusto.

Era una mujer realmente menuda, indefensa como un cachorro y, al fijarse en su rostro arrasado por las lágrimas, Woodrow se dio cuenta de que tenía ojeras.

¿Tendría problemas para dormir? La agarró una mano y se fijó en sus uñas, completamente comidas.

Entonces, recordó las manchas rosas que le había visto en el cuello y se preguntó si no serían producto de algún conflicto emocional y no de un sarpullido una marca de nacimiento como había pensado en un principio.

Desde luego, aquella mujer no estaba bien y

las últimas dieciocho horas habían sido muy difíciles para ella.

En muy poco tiempo, se había enterado de que su hermana había muerto y había ido a conocer a su sobrina, de cuya existencia no sabía nada, pero algo le indicó a Woodrow que no era aquello lo que había hecho que se pusiera tan mal.

Había repetido varias veces que su hermana se había ido de casa y que todo había sido por su culpa.

«Pero eso fue hace años», pensó Woodrow con el ceño fruncido recordando que Elizabeth le había dicho que hacía más de cinco años que no veía a su hermana.

Entonces, ¿por qué se culpaba la doctora de la muerte de su hermana? ¿Y qué había en su relación que le hacía morderse las uñas y tener sarpullidos por el cuerpo?

Capítulo Tres

Woodrow volvió a la cabaña al atardecer.

Tras limpiarse el barro de las botas en el felpudo, silbó para llamar a la perra y entró en casa haciendo ruido.

Al cerrar la puerta, se acordó de Elizabeth y corrió al dormitorio para ver si la había despertado.

Seguía en la cama, dormida, con la colcha hasta la barbilla.

Woodrow se quedó mirándola y se preguntó cómo demonios había llegado a aquella situación. Frunció el ceño y salió de la habitación diciéndose que había sido porque era un pringado.

Le entraron ganas de culpar a su hermano Ace, pero sabía que no era justo porque el único culpable de que aquella mujer estuviera en aquellos momentos en su cama era él.

No era la primera vez que recogía criaturas heridas, las curaba en su casa y luego las volvía a dejar en libertad, les buscaba un nuevo hogar o se quedaba con ellas, como había sucedido con Blue.

Se preguntó qué haría la doctora.

Con un suspiro, se dejó caer en el sofá y se quitó las botas.

Maldición, la doctora no era un cachorro hambriento que necesitara un nuevo hogar sino una mujer y no se iba a quedar en su casa.

Cuando se despertara, decidiría qué quería hacer con su sobrina y volvería a Dallas, al maravilloso y moderno edificio en el que vivía, a aquel edificio en el que, cuando un propietario se resfriaba, contagiada a todos los vecinos.

Desde el sofá, veía la silueta de Elizabeth bajo la colcha. Era obvio que aquella mujer no estaba bien de los nervios, debía de estar a punto de estallar.

Tal vez, ya lo hubiera hecho.

Woodrow jamás había visto a una persona llorar tanto ni durante tanto tiempo. No olvidaría con facilidad con cuánta desesperación se había agarrado a su camisa ni con cuánto dolor le había suplicado que se quedara junto a ella.

Woodrow se tocó el pecho encima del corazón. Hacía tiempo que nadie lo necesitaba y mucho más tiempo todavía hacía que se sentía obligado a responder ante la necesidad de alguien.

Elizabeth se movió y una cadera quedó al descubierto, recordándole a Woodrow cómo su cuerpo se había acurrucado contra el suyo.

Era suave y frágil.

Hacía mucho tiempo que no compartía cama con una mujer, mucho tiempo que no sentía el calor de tener un cuerpo cerca, excepto el de Blue.

Era una sensación placentera, una sensación que hacía que se le endureciera la entrepierna.

Woodrow apretó los dientes y se obligó a apartar la mirada diciéndose que estaba cansado, exhausto física y mentalmente.

De no ser así, no estaría teniendo fantasías sexuales con la doctora.

Necesitaba dormir, por lo menos, veinticuatro horas, pero el sofá no era muy cómodo y sabía que no iba a descansar adecuadamente.

Miró de nuevo hacia su dormitorio y se dijo que la cama era muy grande, lo suficientemente grande como para dormir en ella sin molestar a Elizabeth.

Además, lo más seguro era que se despertara antes que ella.

Se quitó la camisa con decisión y se puso en pie. Una vez en su dormitorio, se sentó en la cama, se desabrochó el cinturón y se quitó los vaqueros.

Cuando estaba a punto de quitarse los calzoncillos, se lo pensó mejor y no lo hizo porque pensó que, si Elizabeth se despertaba primero, se daría un buen susto.

Con un suspiro, se tumbó, se puso el brazo sobre los ojos y a los pocos segundos estaba dormido.

Elizabeth durmió durante más de dieciocho horas seguidas.

No soñó, algo raro en ella pues, normalmente, solía tener pesadillas que le causaban insomnio.

Cuando se estiró, sintió como si saliera de la anestesia. Le pesaban las piernas y los brazos y los párpados...

Aunque quería a levantarse, la oscuridad la sedujo de nuevo y se dejó llevar, imaginándose que vivía dentro de una ostra que la protegía.

También, por la postura que tenía, podría haber sido una cuchara que viviera en un cajón rodeada de otras cucharas.

¿Y qué era aquello que la tenía asida de la cintura?

Mientras su mente somnolienta intentaba comprender la complejidad de la situación, colocó las caderas de manera que se acomodaran más fácilmente al hueco que tenía a su espalda.

Al moverse, oyó un leve suspiro, sintió una cálida brisa en la oreja y un peso en el estómago. Entonces, se dio cuenta de que cinco poderosos dedos tenían aprisionadas sus caderas.

Woodrow.

Se dio cuenta de que estaba en la cama de Woodrow y de que era Woodrow el que la tenía agarrada.

Elizabeth abrió los ojos y se preguntó qué hacía Woodrow en la cama con ella y por qué la estaba abrazando.

«¿Qué más da?», se dijo.

Contenta, intentó saborear la placentera sensación de que la abrazaran, se concentró en la paz y la serenidad que le producía la presencia de aquel hombre y se dijo que debía disfrutar de la experiencia.

Sin embargo, el deseo se apoderó de ella rápidamente y la distrajo de sus pensamientos.

Sentía el torso musculado de Woodrow pegado a su espalda y se dio cuenta de que no llevaba camisa.

Elizabeth sintió que se quedaba sin aliento.

Le acarició la pierna con la punta del pie y comprobó que tampoco llevaba pantalones.

¿Estaría desnudo?

Le había dicho que solía dormir así.

Ansiosa por descubrir si llevaba algo puesto o no, movió las caderas contra su entrepierna y chocó contra el algodón de los calzoncillos, que le confirmaron que no estaba desnudo.

No supo si aquello la defraudó o la alivió.

De nuevo, se preguntó por qué la estaría abrazando y cuánto tiempo llevaría haciéndolo. Elizabeth recordó que le había pedido que se quedara con ella y, al ver que era de noche, se preguntó si habría dormido durante todo el día.

Intentó incorporarse para mirar el reloj que había sobre la mesilla, pero los dedos que la agarraban se lo impidieron.

—No te vayas —murmuró Woodrow somnoliento—. Estoy muy a gusto.

Elizabeth sintió que el corazón se le aceleraba y volvió a reposar la cabeza sobre la almohada.

Woodrow la acomodó entre sus piernas, suspiró satisfecho y volvió a quedarse dormido. Elizabeth, sin embargo, no fue capaz de volver a conciliar el sueño.

Recordó cómo Woodrow la había consolado acariciándole la espalda, recordó la paz y la tranquilidad que se habían apoderado de ella cuando se había visto entre sus brazos.

Aquel hombre tan alto y tan fuerte la había tratado con tanta amabilidad y ternura que Elizabeth había comprendido que, tras la apariencia de oso gruñón, se escondía una buena persona.

Confusa por la paradoja, se concentró de nuevo en recordar sus caricias y pensó que tenía unas manos maravillosas, grandes y fuertes.

«Y qué ojos», pensó recordando lo azules que eran.

Cuando se habían conocido, había pensado que tenía una mirada fría como el acero, pero, cuando se había puesto en cuclillas ante ella en la mecedora y le había quitado las gafas con sumo cuidado, había visto una ternura en ellos que la había conmovido.

¿Por qué la trataba con tanta ternura? Al fin y al cabo, no la conocía de nada.

En ese momento, Woodrow se apretó ligeramente contra ella y Elizabeth reconoció la sutil caricia de su erección, que hizo que un intenso calor le recorriera todo el cuerpo.

Si veinticuatro horas antes se hubiera despertado en la cama de un desconocido, de un desconocido excitado, se habría muerto de miedo.

Sin embargo, por alguna extraña razón, no tenía miedo.

Woodrow no le daba miedo.

En aquellos momentos, lo que sentía era... ¿felicidad? Desde luego. ¿Placer? Sí, placer también. ¿Deseo? Sin duda.

Elizabeth cerró los ojos y se quedó dormida.

Cuando volvió a despertarse, el sol entraba por la ventana que había junto a la cama.

Al no sentir a Woodrow a su lado, alargó la mano y comprobó que las sábanas estaban frías.

¿Habría sido todo sueño?

—Estoy aquí.

Elizabeth se giró y vio que Woodrow estaba sentado en una silla con una taza de café en la mano y observándola.

—Has dormido conmigo —murmuró con incredulidad.

—No en sentido bíblico, así que no te preocupes —rió Woodrow.

—No, no lo digo por eso —contestó Elizabeth negando con la cabeza y sentándose—. Creía que había sido... un sueño.

—Mejor un sueño que una pesadilla —dijo Woodrow poniéndose en pie.

Elizabeth no podía dejar de mirarlo, pero, al recordar lo que había pasado entre ellos durante la noche, se sonrojó y apartó la mirada.

¿Recordaría Woodrow la respuesta de su cuerpo al encontrar su erección?

–Perdón por lo que me pasó ayer en casa de tu hermano –se disculpó tapándose la cara para que no se diera cuenta de su zozobra–. Debéis de creer que estoy loca.

–No hace falta que te disculpes –contestó Woodrow dando un trago al café–. Te vino bien llorar. ¿Tienes hambre? He hecho tortitas.

–La verdad es que estoy desfallecida –contestó Elizabeth levantándose–. Me siento como si no hubiera comido en días.

–Por lo delgada que estás, yo diría que no has comido en meses.

Desde la puerta del baño, Elizabeth se giró hacia él esperando ver en su rostro disgusto o desaprobación, pero lo que vio fue... ¿qué era aquello?

Antes de que le diera tiempo encontrar a una palabra, Woodrow se giró apresuradamente y salió de la habitación.

–Date prisa, que se enfría el desayuno.

Después de desayunar, Elizabeth insistió en recoger la cocina porque, según ella, era lo mínimo que podía hacer ya que Woodrow había preparado las tortitas y el café.

Aunque Woodrow estaba acostumbrado a hacerlo todo él, le dejó recoger la cocina porque pensó que tener algo de actividad la distraería.

La verdad es que tenía mejor aspecto. Teniendo en cuenta por lo que había pasado en las últimas cuarenta y ocho horas, estaba estupenda.

Se había recogido el pelo y se había puesto un pantalón de lino en color crudo y una camisa de manga larga blanca para bajar a desayunar.

Seguía pareciendo una criatura frágil, pero el sueño le debía de haber hecho bien porque ya no tenía ojeras y tenía buen color en las mejillas.

«La ciudad», pensó Woodrow convencido de que parte de que estuviera mal se debía a vivir en un entorno tan contaminado.

Lo que aquella mujer necesitaba era pasar un mes en el campo, haciendo vida sana y disfrutando del sol y del aire puro.

Woodrow puso los ojos en blanco al darse cuenta de su estupidez.

Elizabeth podía vivir como le diera la gana y no era asunto suyo.

Él lo único que tenía que hacer era encontrarla, que ya lo había hecho, y convencerla para que dejara que Ace y Maggie adoptaran a su sobrina.

Tenía que ponerse manos a la obra con la segunda fase de su misión.

–¿Te apetece ir a casa de Ace y de Maggie? –le preguntó con eso en mente.

–No –contestó Elizabeth dando un respingo–. Todavía no –añadió secándose las manos–. Me gustaría ir a la tumba de mi hermana. ¿Sabes dónde está enterrada?

–No, pero se lo puedo preguntar a Maggie –contestó Woodrow.

–No le caigo bien –declaró Elizabeth bajando la mirada.

–¿A Maggie? –dijo Woodrow a pesar de que sabía exactamente a quién se refería y por qué lo decía–. Maggie tiene un corazón de oro. No es que no le caigas bien sino que... bueno, creo que tiene miedo.

–¿De mí? –preguntó Elizabeth sorprendida–. ¿Por qué?

Woodrow no sabía exactamente qué decir, así que decidió que era mejor ir con la verdad por delante.

–Tiene miedo de que quieras pedir la custodia de la niña –contestó–. ¿Lo vas a hacer?

–No lo sé –contestó Elizabeth doblando cuidadosamente el trapo y dejándolo sobre la encimera–. Todo esto me ha pillado por sorpresa –añadió con voz trémula–. Primero, me entero de que mi hermana ha muerto y, ahora, tengo que decidir el futuro de mi sobrina. No puedo, no podré hacerlo hasta que haya asimilado la muerte de Renee –le explicó–. Ya sé que esto puede sonar un poco egoísta y evasivo, pero te pido que me comprendas –concluyó con lágri-

mas en los ojos–. Ni siquiera pude despedirme
de ella.

Woodrow paró la furgoneta en el estrecho
camino rodeado de árboles junto al que se ali-
neaban las tumbas.

Miró a Elizabeth de reojo y se preguntó si
podría hacerlo.

No había hablado en todo el trayecto hasta
el cementerio de Killeen y ahora estaba mirando por la ventana, de espaldas a él, así que
era imposible saber lo que estaba pensando.

–Debe de ser ésa –suspiró señalando un
trozo de tierra revuelta recientemente–. Es el
número cuarenta y nueve.

Elizabeth tomó aire y asintió.

–¿Quieres que vaya contigo? –se ofreció Woodrow.

–No, gracias.

Woodrow la observó mientras bajaba de la
furgoneta y se acercaba a la tumba con pasos
lentos e indecisos.

Elizabeth se apartó unos mechones del pelo.
Woodrow la observaba sin respirar. Entonces, la
vio caer de rodillas ante la tumba de su hermana y acariciar la placa de plástico de identifi-
cación.

Woodrow se preguntó si debería acudir a su
lado o debería dejarla a solas con su dolor.
Mientras se debatía entre las dos posibilidades,

vio que Elizabeth hundía la barbilla en el pecho y comenzaba llorar.

Sin pensárselo dos veces, abrió la puerta de la furgoneta y, en cinco zancadas, se plantó a su lado.

No le dijo nada porque no tenía palabras para evitarle el dolor por el que estaba pasando. Le hubiera encantado poder ahorrárselo, pero, ya que no podía, le apretó el hombro y le dio lo único que podía darle, su fuerza.

Elizabeth tomó aire y miró hacia el cielo.

–Dios mío, cómo odio esto –dijo con lágrimas en los ojos–. Me he tenido que enfrentar a la muerte cientos de veces y, en algunas ocasiones, la he vencido –le dijo volviendo a mirar la tumba de su hermana–. Sin embargo, jamás la entenderé.

–No creo que nadie la entienda –le aseguró Woodrow.

–No es justo, ¿verdad? –dijo Elizabeth agarrándole la mano que tenía sobre su hombro–. Era joven y acababa de tener una hija. Tenía toda la vida por delante.

–No, no es justo, pero la vida no lo suele ser.

Elizabeth lo miró con las lágrimas colgándole de las pestañas como si fueran diamantes.

–¿Has perdido alguna vez a alguien querido, Woodrow?

Woodrow no quería hablar de eso y no lo iba a hacer. Se había pasado buena parte de su vida poniendo una armadura alrededor de su corazón para no sufrir por el dolor de la pérdida.

–Es difícil no perder a alguien tarde o temprano –contestó tirando de ella para que se levantara.

–Yo he perdido a todo el mundo –declaró Elizabeth mirando de nuevo la tumba de su hermana–. Mi padre murió cuando era pequeña y mi madre murió hace cinco años. Renee volvió a casa para su entierro. Ésa fue la última vez que la vi.

–¿Discutisteis? –quiso saber Woodrow–. Perdón, no es asunto mío.

–No pasa nada –sonrió Elizabeth–. Sí, discutimos. No éramos capaces de estar más de cinco minutos juntas sin discutir –recordó mirando al horizonte–. Éramos muy diferentes, tanto en carácter como en físico. Queríamos cosas distintas de la vida. Yo siempre fui muy estudiosa y desde pequeña supe que quería ser médico. Renee quería...

–¿Qué quería? –la animó Woodrow al verla dudar.

–No lo sé, lo quería todo. Era guapa y... estaba muy consentida –confesó Elizabeth en voz baja–. Sé que es espantoso y cruel hablar así de ella cuando está muerta, pero es la verdad –se disculpó–. Lo peor es que yo contribuí a mimarla tanto.

Woodrow no quería sentir compasión por ella, no quería sentir absolutamente nada por ella porque, de ser así, no iba a poder convencerla de que dejara que Ace y Maggie se quedaran con la niña, pero no podía quedarse junto a ella viéndola sufrir sin hacer nada.

Era obvio que debía distraerla.

—¿Te gusta pescar? —le preguntó.

Elizabeth lo miró confundida por el repentino cambio de tema.

—¿Cómo?

—Pescar —repitió Woodrow agarrándola de los hombros y llevándola hacia el coche—. Me apetece comer pescado esta noche y conozco un lugar precioso para ir a pescar.

Elizabeth arrugó la nariz con disgusto al contemplar la caja de corazones de pollo que había en el muelle entre Woodrow y ella.

Jamás había ido a pescar y, la verdad, no tenía ningún interés en aprender, pero no había sido capaz de negarse después de todo lo que Woodrow había hecho por ella.

Decidida a participar, se remangó la camisa hasta los codos y miró con asco el cebo. Sintió náuseas, pero se contuvo.

—¿De verdad es necesario poner uno en el anzuelo?

—Si quieres pescar algo, sí —contestó Woodrow—. No olvides pincharlo un par de veces. De lo contrario, se te caerá.

Elizabeth cerró los ojos, metió la mano en la caja de cartón y la volvió a sacar rápidamente.

—No puedo —se lamentó.

Woodrow la miró y frunció el ceño al ver su

cara de disgusto. Acto seguido, dejó su caña en el suelo y tomó en la mano el anzuelo de la caña de Elizabeth.

–Tiquismiquis –murmuró.

Elizabeth giró la cabeza para no ver cómo agujereaba el cebo.

–Ya está –le dijo–. ¿Quieres que te la lance también?

–No, eso ya lo hago yo –contestó Elizabeth decidida a demostrarle que no era ninguna cobarde.

Acto seguido, lanzó la caña.

–¡Para el carrete! –exclamó Woodrow.

–¡Ah, sí! –contestó Elizabeth recordando lo que le había enseñado hacía un rato–. ¿Y ahora?

–Ahora, hay que esperar.

Resignada, Elizabeth cruzó las piernas, se puso la caña entre ellas y esperó. Al cabo de un rato, estaba aburrida de mirar el corcho y se puso mirar a su alrededor.

El lago en el que estaban era muy grande y estaba encerrado por enormes piedras. Había cedros y praderas de césped por todas partes y en ellas pastaban cabras y vacas.

–¿Todo esto es tuyo? –le preguntó con curiosidad.

–¿Cómo?

–Esto –dijo Elizabeth haciendo una barrida con el brazo a su alrededor.

–Setecientos cincuenta acres son míos, sí

–contestó Woodrow–. ¿Ves esa verja de allí? –añadió señalando el horizonte.

–Sí

–Hasta allí llega mi propiedad por el norte –le explicó Woodrow–. Esos árboles de ahí –añadió señalando hacia el otro lado –marcan la frontera sur. La autopista por la que se entra marca el este y el oeste está a más o menos una milla y media de aquí. Mi casa está justo en el centro.

Elizabeth se quedó alucinada de no ver más casas cerca.

–¿No te sientes solo?

–No –contestó Woodrow mirando el corcho de su caña.

Elizabeth se quedó pensativa.

–Bueno, supongo que, si te encuentras solo, puedes ir a casa de tu hermano.

–¿Ace?

Elizabeth asintió.

–Ace no vive aquí. La casa en la que están ahora era la de mi padre. Se va a quedar en ella hasta que arreglemos la herencia, pero él vive en Killeen.

–Me dijiste que tenías más hermanos, ¿no? ¿Ellos viven por aquí?

–No. Ry vive en Austin. Es médico. Rory, el más pequeño, viaja un montón, pero tiene su casa en San Antonio. Whit, mi hermanastro, es el que más cerca vive, a unas veinte millas de aquí, pero no lo suelo ver.

–¿Por qué?

Woodrow se encogió de hombros.

53

–Porque él tiene su vida y yo tengo la mía.

–¿Te llevas bien con tus hermanos?

–Antes, sí, estábamos muy unidos –contestó Woodrow frunciendo el ceño–. ¿Vas a seguir hablando o prefieres pescar?

Eso quería decir que no quería que le hiciera más preguntas, así que Elizabeth respetó sus deseos, se secó el sudor del cuello y se quedó mirando a los árboles que había en la orilla derecha.

«Qué bien se tiene que estar en esa sombra de ahí», pensó muerta de calor.

Lo cierto era que hacía mucho calor para estar en septiembre y, además, no estaba acostumbrada a estar al aire libre a aquellas horas del día.

Miró a Woodrow y se preguntó si estaría pasando calor o si estaría acostumbrado. Estaba sentada algo detrás de él, así que podía estudiarlo sin que la viera.

Llevaba un sombrero de vaquero que le cubría el cuello y la cara. Ojalá le hubiera prestado uno a ella porque tenía la piel muy blanca y se quemaba con facilidad.

Al ver que tenía una marca de sudor en la espalda, se dijo que no era tan inmune al calor como parecía.

Siguió la marca con la mirada y tragó saliva cuando se perdió más allá de la cinturilla de sus vaqueros y se encontró mirándole el trasero.

«Tiene un cuerpo perfecto», pensó sin poder apartar la mirada de él.

Su cuerpo formaba una uve desde los hombros a la cintura y entonces recordó que la enfermera que trabajaba con ella le había comentado una vez que George Strait tenía trasero de vaquero.

El trasero de Woodrow Tanner era mucho mejor.

–Ha picado –anunció Woodrow.

–¿Cómo? –contestó alarmada porque la había pillado mirándolo.

–Han picado –repitió Woodrow señalando su corcho.

Elizabeth vio que, efectivamente, el corcho se movía y se puso en pie.

–¿Qué hago? –gritó.

Woodrow dejó su caña en el suelo y se puso de pie a su lado.

–Recoge.

Elizabeth pensó que, por la fuerza que tenía el pez, debía de ser una ballena.

–Es grande, ¿verdad? –preguntó viendo al animal ya fuera del agua.

–Sí –contestó Woodrow mostrándoselo.

Elizabeth lo observó fascinada mientras le quitaba el anzuelo de la boca y lo dejaba en una cesta que tenía sumergida junto al muelle.

–Buen trabajo –dijo Woodrow volviéndose a sentar tras haberse limpiado las manos.

Elizabeth se sonrojó ante su cumplido. Era una tontería, pero contar con su aprobación significaba más que todos los premios y títulos que poseía.

Capítulo Cuatro

Mientras Elizabeth se duchaba y se cambiaba de ropa, Woodrow llamó a su hermano Ace. Para asegurarse de que no los oía, salió al porche y utilizó el teléfono móvil.

–Sí, la he llevado al cementerio –contestó sentándose en los escalones del porche y acariciando a Blue–. Lo ha llevado mejor de lo que yo esperaba –añadió–. No se ha venido abajo como le pasó ayer en casa.

–¿Habéis estado en el cementerio todo el día? –preguntó Ace sorprendido.

–No, hemos estado un rato. Luego, hemos venido a mi casa y nos hemos ido a pescar.

–¿A pescar? –rió Ace–. Me cuesta imaginarme a la doctora, tan seria y estirada, pescando.

Woodrow sonrió al recordar a Elizabeth, con sus pantalones de lino y su camisa blanca remangada hasta los codos, sonriendo sin parar porque había pescado una trucha.

–Desde luego, no va a ganar ningún concurso, pero lo ha hecho bastante bien. De hecho, ha pescando el pez más grande –la defendió.

–¿Te ha pescado a ti? –rió Ace.

–Yo no he dicho eso –contestó Woodrow frunciendo el ceño–. Sólo he dicho que ha pescado al más grande.

–Ya, claro –insistió Ace en tono divertido.

Woodrow decidió volver a encarrilar la conversación.

–No sé cuándo va a querer ver a la niña de nuevo. No me ha dicho nada. A lo mejor, mañana. Ya os lo diré.

–¿Qué vas hacer con ella mientras tanto?

–¿A qué te refieres?

–Me refiero a que no creo que os vayáis a quedar en tu casa, bebiendo cerveza y jugando a los dardos. Esa mujer tiene pinta de ser intelectual, de que le guste el vino y hablar de Sócrates.

–Y crees que yo soy tonto y no sé mantener una conversación con una mujer inteligente, ¿no?

–Yo no he dicho eso. No lo he dicho en ese plan...

–No pasa nada –gruñó Woodrow sabiendo que sus conocimientos eran limitados.

La cierto era que nunca había sido buen estudiante. El colegio nunca le había interesado y su padre no había insistido demasiado.

–Os llamaré cuando me diga que quiere ir a ver a la niña –murmuró antes de colgar.

Se abrazó las rodillas y se quedó mirando al horizonte.

Era cierto que no tenía estudios universitarios como sus hermanos, pero no era tonto. Lo demostraba el hecho de que hubiera trabajado mucho, hubiera ahorrado y se hubiera comprado aquella casa sin ayuda de nadie.

Utilizando la cabeza, además de la fuerza y la voluntad, había convertido aquella propiedad en un rancho próspero.

Nada que ver con el Bar-T, por supuesto, pero estaba orgulloso de lo que había conseguido.

Tenía un buen rebaño de vacas y cabras y buenas cosechas de cereales. Además, llevaba un tiempo estudiando la posibilidad de montar una piscifactoría por si el sector ganadero empeoraba.

No dependía de nadie, ni siquiera de la Naturaleza, para subsistir.

Cuando construyó la casa, había hecho también un pozo para uso y disfrute privado que se abastecía de agua de lluvia recogida en los canalones situados en el tejado. Con esa agua, fregaba y daba de beber al ganado.

Había tomado el camino fácil con la electricidad pues había contratado los servicios de la empresa que operaba en la zona, pero, aun así, tenía un generador solar por si acaso.

Además, casi toda la comida que se servía en aquella casa, se producía en el rancho. Las verduras y las frutas eran de su huerto y la carne procedía de sus reses.

No, no era un intelectual, pero no era tonto.

Era autosuficiente y sobreviviría.

Llevaba años haciéndolo.

Solo.

Al oír los goznes de la puerta, se giró y vio a Elizabeth saliendo al porche. Se había duchado y se había puesto un vestido de algodón por los tobillos y estaba descalza.

Ignorando su presencia, se dobló por la cintura, dejó caer la melena hacia delante y se peinó los rizos.

Woodrow no sabía qué encontraba tan erótico en un gesto tan sencillo, pero lo cierto fue que se le secó la boca y los vaqueros se le antojaron veinte tallas más pequeños.

Al estar echada hacia delante, el escote del vestido se había abierto y Woodrow tenía una interesante vista.

Dos pechos menudos y firmes que parecían de porcelana reclamaron su atención.

Elizabeth se incorporó y echó el pelo hacia atrás, que le cayó sobre los hombros. Parecía una cascada de agua dorada.

Cuando sus miradas se encontraron, Elizabeth se tensó y apretó el cepillo con fuerza.

—Si prefieres estar solo, me voy dentro —se apresuró a decirle.

Woodrow frunció el ceño, preguntándose qué la habría llevado a pensar que prefería estar solo que con ella, y negó con la cabeza.

—Sólo estaba disfrutando del paisaje —le dijo mirando sus tierras—. Hay sitio para los dos.

Al oír sus pisadas sobre la madera del porche, comprendió que se iba a sentar a su lado y apoyó los brazos en las rodillas para disimular su erección.

Al sentarse, su vestido le rozó el muslo y Woodrow tuvo que hacer un esfuerzo sobrehumano para no gemir.

—Esto es precioso —sonrió Elizabeth abrazándose las rodillas y tapándose los pies desnudos con el vestido.

—Sí, lo es —contestó Woodrow admirando el atardecer.

—Sé que puede parecer una tontería, pero no hay atardeceres así de bonitos en la ciudad.

Woodrow asintió.

—En las ciudades, hay demasiados edificios y no se puede disfrutar bien del atardecer —opinó—. Además, tenéis una contaminación lumínica que os impide apreciar los verdaderos colores.

—Nunca lo había pensado —recapacitó Elizabeth—. Tienes razón —añadió pensativa—. Aquí los colores parecen más vivos.

Woodrow sabía que había hablado, pero no tenía ni idea de lo que había dicho porque se había quedado prendado de su sonrisa.

Tenía una sonrisa preciosa que le iluminaba los ojos.

Los ojos.

Se fijó por primera vez en lo bonitos que eran. ¿Por qué no se había fijado en ellos antes? Tal vez, porque ahora no llevaba gafas.

Al no haber entre ellos cristales ni monturas, observó que eran almendrados y tenían unas larguísimas pestañas.

Aunque eran azules como los suyos, los de Elizabeth eran más claros y su mirada era más tierna, más amable.

Al mirarlos, se veía en ellos reflejada el alma de su dueña. Aquella mujer era incapaz de esconder nada.

Woodrow no se había dado cuenta de que la estaba mirando fijamente hasta que Elizabeth se tocó la mejilla confundida.

–¿Tengo algo en la cara? –le preguntó.

–No –contestó Woodrow–. Tienes la cara perfecta, te lo aseguro –añadió tomándola de la mano.

Al verla sonrojarse, Woodrow sintió que se le derretía el corazón. Debería haberle soltado la mano, pero no lo hizo. Entrelazó los dedos con los suyos y los apoyó en su muslo. Ella podría haber intentado retirarla, pero tampoco lo hizo.

Woodrow sintió que temblaba y se preguntó por qué sería. Una mujer adulta no debería temblar porque un hombre la agarrara de la mano. ¿Sería que estaba incómoda con él o que habría algo más?

«¿No será que tiene novio en Dallas?», se preguntó.

Decidido a averiguarlo, le apretó la mano.

–Ya sé que debe de haber maneras más sutiles de preguntar esto, pero, como no las conozco, voy a directamente al grano. ¿Hay alguien en tu vida?

–¿Cómo?

–¿Tienes novio? –insistió Woodrow impaciente.

–Ya no –contestó ella mirando a la lejanía.

Woodrow suspiró aliviado, se puso en pie y tiró de ella para que se levantara.

–Bien, porque no me apetece tener problemas –suspiró Woodrow aliviado.

–¿Por qué ibas a tener problemas? –rió Elizabeth.

Para su sorpresa, Woodrow la tomó de la cintura y la besó.

No lo hizo con pasión aunque era lo que más le apetecía hacer, sino que esperó a que ella abriera la boca y lo invitara a entrar para dar rienda suelta a la excitación.

Era una mujer dulce e inocente que… no llevaba ropa interior. Lo había sospechado al ver el movimiento de sus pechos bajo el vestido, pero ahora tenía la certeza porque había deslizado sus manos desde sus hombros hasta sus caderas y no había encontrado ningún tirante ni cinturilla.

La tomó de las nalgas y la apretó contra él. Al sentirla contra su erección, tuvo que hacer un esfuerzo sobrehumano para no gemir de placer.

Woodrow sentía la sangre en las sienes. Estaba yendo demasiado rápido. No para él sino para ella. La doctora era frágil tanto física como emocionalmente.

Hacerle el amor en aquellos momentos sería

aprovecharse de ella y seguramente acabaría arrepintiéndose de haberse acostado con él.

Woodrow la dejó en el suelo, dejó de besarla y la miró. Tenía los ojos cerrados y los labios levemente abiertos.

Woodrow sentía su aliento en el cuello y vio que abría los ojos y lo miraba con deseo y curiosidad.

–Quería besarte, pero no sabía si podía hacerlo porque temía que tuvieras pareja –le explicó Woodrow acariciándole la mejilla.

También temía que, si seguía mirándolo así, no se limitara a besarla...

–Será mejor que nos metamos en casa antes de que nos coman los mosquitos –añadió dándole un beso en la punta de la nariz.

Elizabeth asintió y retiró lentamente los brazos de su cuello.

–¿Elizabeth?

–¿Sí?

–Anoche dormí contigo y te abracé, pero esta noche no voy a poder hacerlo porque querría hacerte el amor.

Elizabeth se sonrojó y bajó la cabeza.

–Lo... entiendo.

–¿De verdad? –dijo Woodrow levantándole el mentón–. No sé. Anoche, cuando me acosté a tu lado, no tenía intención alguna de tocarte. Pensé que me despertaría antes que tú y que ni siquiera te darías cuenta –le explicó–. Claro que eso fue antes de descubrir que eres una de esas personas que te roban la cama entera –sonrió.

–¿Yo? –exclamó Elizabeth.

–Sí. A los diez minutos de haberme metido en la cama, me habías quitado todo el sitio y me tenías completamente arrinconado.

–¡Eso no es verdad! –exclamó Elizabeth indignada intentando apartarse de él.

–Claro que lo es –contestó Woodrow agarrándola de la cintura–. Al ver que me iba a caer de la cama, me dije que sólo tenía dos opciones... abrazarte o dejarme caer al suelo. Obviamente, preferí abrazarte.

Al darse cuenta de que le estaba tomando el pelo, Elizabeth le dio un golpe en el pecho.

–Te está bien empleado por meterte a hurtadillas en la cama conmigo –sonrió.

Woodrow le agarró las manos y la miró los ojos.

–¿Elizabeth?

–¿Sí?

–Esta noche... cierra la puerta con llave.

Woodrow le había dicho que cerrara la puerta, pero Elizabeth no la había cerrado.

Todavía no.

Tras darse las buenas noches, se había puesto el camisón y ahora estaba ante la puerta, decidiendo si la cerraba con llave o no.

Probablemente, Woodrow estuviera al otro lado, esperando a oír el clic.

¿Por qué le había pedido que la cerrara? ¿Habría sido una advertencia? Desde luego, le había dejado claro que se sentía atraído por ella.

Tal vez, le había dicho que cerrara la puerta con llave porque no se fiaba de sí mismo o, quizá, le estaba dejando a ella que eligiera.

Elizabeth retiró la mano de la cerradura.

Ella también se sentía atraída por él.

Claro que sabía que empezar una relación al poco tiempo de haber dejado otra era muy peligroso porque podía hacerse única y exclusivamente por despecho.

¿Estaría transfiriendo sus sentimientos por Ted a Woodrow? ¿Utilizaría a Woodrow para llenar el vacío que es su ex novio había dejado en su vida?

Elizabeth apoyó la frente en la puerta.

¿Qué vacío?

Hasta que Woodrow no le había preguntado que si tenía novio, no había vuelto a pensar en Ted.

Para ser sincera, ni siquiera había tenido tiempo porque, a las pocas horas de haberle devuelto su anillo de compromiso, se había ido a Tanner's Crossing con Woodrow.

Woodrow.

Se lo imaginó en el salón, tumbado en el sofá, y apoyó una mano en la puerta de madera, desesperada por tocarlo.

Se había portado tan bien con ella, le había dado consuelo y comprensión.

No se podía imaginar a Ted haciendo aquello. Desde luego, su ex novio jamás habría insistido en que fuera al cementerio, tal y como había hecho Woodrow, y, ni mucho menos, la habría acompañado.

Ted le habría dicho que era una tontería, una pérdida de tiempo, algo absurdo.

Sin embargo, Woodrow había entendido su deseo de ver el lugar donde estaba enterrada su hermana, su necesidad de reconciliarse con el pasado.

En un principio, se había negado a que la acompañara hasta la tumba de Renee, pero había ido tras ella de todas maneras, para consolarla, para darle fuerzas ante el dolor.

Recordaba el peso de su mano en el hombro cuando Woodrow se había arrodillado a su lado y la energía que había sentido emanar de su cuerpo.

¿Sería acaso que buscaba consuelo y no su cuerpo? Elizabeth estaba confusa y comprendió que en aquel momento no debía tomar decisiones apresuradas.

Así que cerró la puerta con llave.

Hasta que no estuviera segura de sus sentimientos, no quería tener ningún acercamiento físico con Woodrow.

Le tenía demasiado afecto como para satisfacer sus necesidades de manera egoísta con él.

Woodrow se había quitado los vaqueros y estaba sentado en el sofá cuando oyó el clic de la cerradura.

Dejó caer la cabeza entre las manos y suspiró con decepción.

Le había dicho que cerrara la puerta con llave, pero había albergado esperanzas de que Elizabeth ignorara su advertencia, de que lo deseara tanto como él la deseaba a ella.

Con un suspiro de resignación, se tumbó en el sofá y se puso un brazo sobre los ojos.

Al cabo de unos segundos, sintió algo frío y húmedo en el antebrazo y, al girar la cabeza, vio que era Blue, que lo miraba con ojos lastimeros.

–Está bien, pequeña –le dijo haciéndole un sitio en el sofá.

Cuando la perra hubo subido, la abrazó y volvió a cerrar los ojos.

A pesar de que Blue había compartido cama con él durante los últimos tres años, no podía ayudarlo a hacer desaparecer la soledad que sentía en el corazón.

Woodrow dio un respingo y abrió los ojos.

¿Qué lo había despertado?

Al oír el timbre del teléfono, le quedó claro lo que había sido.

Se puso en pie al mismo tiempo que se abría la puerta del dormitorio y Elizabeth salía abrochándose la bata y con el pelo alborotado.

Se quedó mirándolo fijamente pues Woodrow sólo llevaba puestos unos calzoncillos, pero a él no le importó.

–He oído que estaba sonando el teléfono –dijo Elizabeth consiguiendo con gran esfuerzo mirarlo a los ojos.

–Sí –murmuró Woodrow–. Yo también lo he oído. Espero que sea algo importante –añadió acercándose al aparato.

A medida que iba escuchando, su cara de enfado se fue tornando preocupación.

–¿Cuánta fiebre tiene? –preguntó–. Madre mía, tiene una fiebre altísima.

Segura de que la conversación tenía algo que ver con su sobrina, Elizabeth se acercó a él con un nudo en el estómago.

–Se lo voy a preguntar –dijo Woodrow cubriendo el auricular–. Es Ace –le explicó en voz baja–. La niña tiene treinta y nueve y medio y han llamado a su médico, pero no está en la ciudad. ¿Te importaría ir tú a verla?

A Elizabeth se le heló la sangre en las venas ante la perspectiva de volver a ver a su sobrina.

No estaba preparada.

Primero, tenía que asimilar la muerte de su hermana.

–No me he traído el maletín –se disculpó utilizando la primera excusa que se le vino a la mente.

Woodrow le apartó un mechón de pelo de la cara y le acarició la mejilla con dulzura.

–Es sólo que vayas a verla –le pidió–. Yo iré contigo.

Elizabeth cerró los ojos porque le habían

entrado unas horribles ganas de llorar y buscó fuerza para aguantar aquello.

La encontró en la mano que le estaba acariciando el rostro.

–Está bien, me voy a vestir –le dijo mirándolo a los ojos.

Cuando Woodrow paró el coche ante la casa en la que había pasado su infancia, todas las ventanas estaban iluminadas.

Agarrando a Elizabeth del codo, llegaron al porche y entraron.

–Ace, ¿dónde estáis? –dijo en voz alta.

–Aquí –contestó su hermano asomando la cabeza desde la habitación de la niña.

Woodrow acompañó a Elizabeth hasta el baño en el que estaban Maggie y Laura. Maggie lloraba apesadumbrada mientras intentaba calmar a la niña, que berreaba sin parar.

Woodrow miró a Elizabeth, se había quedado de piedra mirando la escena que tenían ante sí.

–¿Doctora?

Elizabeth lo miró y Woodrow se dio cuenta de que tenía miedo, así que le apretó el brazo para animarla.

–Estaré justo detrás de ti –le dijo en voz baja.

Elizabeth tomó aire, levantó el mentón y entró en el baño.

Woodrow la siguió y se quedó un paso por detrás de ella mientras que su hermano Ace se hacía a un lado para que tuviera espacio suficiente.

Elizabeth miró a la niña y Woodrow se dio cuenta de que estaban a punto de saltársele las lágrimas. Sin embargo, tragó saliva y lo miró a través del espejo.

«Tú puedes», pensó Woodrow guiñándole un ojo.

Elizabeth volvió a mirar al bebé, apretó los dientes y se remangó.

La transformación fue algo digno de verse. Aquella mujer frágil y llorosa se convirtió de repente en una doctora competente y eficaz.

Completamente segura de lo que estaba haciendo, comenzó a lavarse las manos con abundante jabón.

—¿Qué síntomas tiene? —preguntó.

—Comenzó a tener un poco de fiebre ayer —contestó Maggie—. Hoy ha estado inquieta durante todo el día, pero no le he dado importancia. Sin embargo, por la noche, cuando le estaba dando el biberón, me he dado cuenta de que estaba bastante caliente —le explicó tapándose la boca con preocupación—. Debería haberle tomado la temperatura entonces, pero no lo he hecho. Creía que no era grave, que quizá le iba a salir un diente. A las once, se ha despertado llorando y gritando y... —continuó Maggie presa de las lágrimas— hemos hecho todo lo que hemos podido para calmarla. Le hemos puesto el termómetro y ha sido entonces cuando nos hemos dado cuenta

de la fiebre tan alta que tenía –concluyó incapaz de seguir.

Acto seguido, se giró hacia su marido, lo
abrazó y escondió la cara en su pecho, donde
dio rienda suelta al llanto.

–Al desnudarla, hemos visto que tiene manchas rojas en el pecho –añadió Ace–. ¿Sabes
qué puede ser?

Elizabeth se ajustó las gafas y estudió a la pequeña.

Todos los demás aguantaron la respiración.

–¿Le han puesto alguna vacuna recientemente? –preguntó mientras le palpaba el cuello en busca de ganglios inflamados.

–No –contestó Maggie entre hipidos–. La última vez que la pincharon fue hace tres semanas.

–¿Ha estado resfriada?

–Un poco. Tose de vez en cuando y hace un
rato me ha parecido oír como un silbido, pero
no estoy segura porque estaba llorando muy
alto.

Elizabeth asintió, tomó a Laura en brazos y
se la apoyó en el hombro.

–Llevarla a vuestro médico para que os dé
su opinión, pero yo creo que tiene rubeola.
¿Sabéis lo que es?

Maggie asintió con los ojos muy abiertos.

–Sí –contestó mirando a su marido con cul-
pabilidad–. Por Dios, yo estoy estudiando en-
fermería. Debería haberme dado cuenta –aña-

dió sin parar de llorar–. Soy una madre terrible –sollozó con desesperación.

Woodrow se dio cuenta de que Elizabeth daba un respingo al oír a Maggie denominarse madre de Laura.

–No, lo que pasa es que has sentido pánico, que es lo que le suele pasar a la mayoría de la gente cuando ve a un niño enfermo –la tranquilizó sin embargo.

A continuación, comenzó a acunar a Laura. Al darse cuenta de que le temblaban los labios, Woodrow la tomó en brazos.

–Ven aquí, diablillo –dijo para que Elizabeth pudiera controlarse–. Menudo susto nos has dado –añadió haciéndole cosquillas en la tripa.

–¿Tenéis aspirina infantil líquida? –preguntó Elizabeth tras recobrar la compostura.

–Sí –contestó Maggie.

–Dadle una dosis con algo de zumo. Así dormirá bien. Puede que tenga fiebre durante un par de días más y, seguramente, le saldrán más manchas rojas, pero la rubeola es un virus que no tiene consecuencias graves. Se le pasará en unos cuantos días –les explicó girándose a continuación hacia Woodrow–. Si no te importa, creo que será mejor que nos vayamos porque supongo que Maggie y Ace estarán agotados.

Durante el trayecto de regreso, Elizabeth no habló. Simplemente, se dedicó a mirar por la ventana.

Woodrow sabía que algo le estaba rondando la cabeza y creía saber qué era.

–¿Estás bien? –le preguntó al llegar.

Sin mirarlo, Elizabeth asintió y abrió la puerta. Woodrow la observó bajarse en silencio y corrió tras ella.

–Lo has hecho muy bien –le aseguró agarrándola de los brazos–. Sé que debe de ser muy duro mirar a esa niña y ver en ella a tu hermana.

Elizabeth dejó caer la cabeza hacia delante y las lágrimas comenzaron a deslizarse por sus mejillas.

–Qué injusta es la vida –se lamentó–. Tendría que ser Renee quien estuviera cuidando de Laura y no Maggie.

A Woodrow se le contrajo el corazón al verla sufrir así y la abrazó con fuerza.

–No hay nada que yo te pueda decir que te ayude porque cada uno necesita un tiempo de duelo para aceptar la muerte de sus seres queridos –le dijo–. Sin embargo, te aseguro que me encantaría poder hacer algo para hacerte este trago menos amargo.

Elizabeth lo abrazó de la cintura y apoyó la mejilla en su pecho.

–Ya lo estás haciendo –murmuró entre lágrimas–. Ya lo estás haciendo.

Solamente la estaba abrazando, pero, si eso era lo que ella necesitaba, Woodrow estaba dispuesto a seguir haciéndolo toda la noche.

Tenía la impresión de que aquella mujer no había recibido el cariño que necesitaba.

Permanecieron así, abrazados en silencio bajo el cielo estrellado, durante un buen rato, hasta que Woodrow comenzó a percibir que Elizabeth se tranquilizaba.

–Estás cansada –le dijo acariciándole el pelo–. Vamos dentro a dormir.

–No, por favor –contestó Elizabeth agarrándolo del brazo con fuerza–. Si me meto en la cama, voy a soñar.

Por cómo lo había dicho, Woodrow comprendió que se refería a que iba a tener pesadillas, así que la tomó en brazos y la condujo al porche trasero, donde la depositó sobre una hamaca que colgaba entre dos enormes árboles.

–¿Mejor? –le preguntó tumbándose a su lado y pasándole el brazo por los hombros.

–Mucho mejor –contestó Elizabeth.

Woodrow se puso el otro brazo bajo la cabeza y se quedó mirando al cielo entre las ramas de los árboles.

A lo lejos, se oían los cencerros de las vacas y, más cerca, el ulular de las lechuzas. Siempre le habían gustado los sonidos de la noche porque le daban paz.

–Se está muy bien aquí fuera –comentó Elizabeth.

–Sí, a mí me encanta.

Woodrow cerró los ojos, acunado por el vaivén de la hamaca.

—¿Woodrow?

—¿Sí?

Al sentir que Elizabeth jugueteaba nerviosa con uno de los botones de su camisa, se dio cuenta de que no sabía cómo decirle lo que tenía que decir.

—¿Qué te pasa?

—Ya sé que no es asunto mío –suspiró Elizabeth–, pero me estaba preguntando si has estado casado alguna vez.

—No –contestó Woodrow sorprendido por la pregunta–. ¿Por qué?

—No lo sé, me parece extraño porque eres amable, comprensivo y cariñoso y se me hace raro que ninguna mujer haya querido echarte el lazo.

Aquello hizo reír a Woodrow.

—Creo que te equivocas de hombre.

—No, de eso nada –insistió Elizabeth–. Eres así.

—Bueno, aunque lo creas, no vayas diciéndolo por ahí porque tengo fama de ser otras cosas.

—¿Qué cosas? –quiso saber Elizabeth.

—Tengo fama de ser el hombre más arisco y malo del condado.

—No estoy de acuerdo en absoluto.

Woodrow chasqueó la lengua y le acarició el pelo.

—¿Puedo hacerte yo ahora una pregunta?

Elizabeth asintió.

—¿Y tú has estado casada?

–No, pero he estado prometida –contestó Elizabeth mirando el cielo.

Woodrow frunció el ceño y recordó que Elizabeth le había contado que había habido un hombre en su vida que ya no estaba.

–¿Qué sucedió?

–Le devolví el anillo de pedida.

–¿Por alguna razón en especial?

–Porque no quería que viniese. Quería que me fuera de viaje con él a Europa tal y como teníamos planeado.

Eso quería decir que Elizabeth había roto su compromiso hacía pocos días. Woodrow se preguntó si todavía seguiría queriendo a aquel hombre.

No sabía por qué, pero necesitaba saberlo. La pregunta le quemaba la boca.

–¿Te arrepientes? –preguntó con cautela.

Elizabeth no contestó inmediatamente y Woodrow se preguntó si no se habría excedido.

–No, en absoluto –contestó Elizabeth por fin mirándolo fijamente a los ojos.

Woodrow se preguntó si le estaba queriendo decir algo, si detrás de aquella mirada se escondía un mensaje secreto.

Lo cierto era que a Woodrow nunca se le habían dado bien aquellas cosas. Él siempre decía lo que pensaba y esperaba que los demás hicieran lo mismo.

–Como me haya creído lo que no es, esto va a ser vergonzoso –anunció.

Sin embargo, en cuanto sus labios se tocaron, comprendió que no se había equivocado pues Elizabeth le pasó los brazos por el cuello y lo besó con fuerza.

Capítulo Cinco

Elizabeth se estremeció al sentir que Woodrow la colocaba encima de él y que la hamaca se tensaba bajo ellos.

–No te preocupes –le dijo Woodrow chasqueando la lengua–. No te vas a caer –añadió agarrándola de las nalgas.

–Si me caigo, te arrastro conmigo –le advirtió.

Woodrow la miró a los ojos, le quitó las gafas y la besó mientras las dejaba en el suelo.

–No se me ocurre otro sitio mejor en el que estar que contigo.

Elizabeth sintió que las lágrimas se le saltaban al mismo tiempo que el deseo se apoderaba de su cuerpo.

Nadie le había dicho nunca algo así. No era una declaración de amor sino... algo mucho mejor.

Woodrow deslizó las manos bajo la cinturilla de sus pantalones y la volvió a apretar contra él. Elizabeth lo deseaba desesperadamente, pero...

«No puedo», pensó sintiéndose culpable.

Woodrow había sido muy bueno con ella y

debía ser sincera con él. Cuando intentó besarla, le puso los dedos sobre los labios.

—Woodrow —le dijo tragando saliva—. Te tengo que decir una cosa.

Woodrow la miró expectante.

—Estás embarazada —aventuró.

Maggie lo miró con los ojos muy abiertos.

—¿No es eso? —dijo Woodrow enarcando una ceja.

—¡Por supuesto que no! —rió Elizabeth—. ¿Cómo se te ocurre algo así?

—No lo sé, te he visto tan seria que he creído que iba ser algo muy importante —contestó encogiéndose de hombros—. En cualquier caso, era preferible que estuvieras embarazada a otra cosa.

—¿Qué otra cosa?

—Que no quisieras estar conmigo.

Elizabeth sintió que se le derretía el corazón, lo agarró de la mano y se la llevó a la mejilla.

—No, no es eso, te lo aseguro. Me encanta estar contigo. Es que... —le dijo mordiéndose el labio inferior sin saber cómo explicarle sus sentimientos—. Woodrow, te estoy tomando mucho afecto. No sé si te das cuenta, pero estás llenando enormes vacíos que había en mi vida y que hacía mucho tiempo que nadie llenaba. Sin embargo, no quiero que ésa sea la razón de querer estar contigo porque eso sería egoísta por mi parte.

—Entonces, me he equivocado —dijo Woodrow sacando las manos de su pantalón.

–No, no te has equivocado –se apresuró a asegurarle Elizabeth–. Quiero hacer el amor contigo, lo que no quiero es utilizarte.

Woodrow sonrió y le tomó el rostro entre las manos.

–¿Por qué no me dejas decidir a mí cuándo quiero que me utilicen? –sonrió.

–¡Porque entonces sería demasiado tarde y el daño ya estaría hecho! –exclamó Elizabeth tapándose a continuación el rostro con las manos–. Si no estuviera hecha una pena emocionalmente, no estaríamos hablando de esto.

–Es normal que estés mal –la tranquilizó Woodrow apartándole las manos de la cara–. Estás pasando por una situación difícil –añadió besándole los nudillos–. ¿Y si dejáramos que las cosas fluyeran entre nosotros sin expectativas, sin compromisos y sin ataduras? ¿Qué me dices?

Elizabeth se quedó mirándolo un momento y a continuación le echó los brazos al cuello.

–Te diría que es una idea maravillosa.

–Se me ha ocurrido otra.

–¿Cuál?

–Vámonos dentro –contestó Woodrow acariciándole las costillas.

–Ésa es todavía mejor –sonrió Elizabeth estremeciéndose de placer.

Woodrow la tomó en brazos, se puso en pie y la llevó al interior de la cabaña. Al llegar a su dormitorio, la dejó sobre la cama y se tumbó a su lado.

–¿Estás cómoda? –le preguntó desabrochándole el primer botón de la blusa.

–Sí, gracias –contestó Elizabeth tragando saliva.

Para cuando llegó al último botón, Elizabeth no estaba cómoda en absoluto. Le temblaban las piernas y sentía que la piel le abrasaba y que el pulso se le había acelerado.

Con una reverencia que la dejó sin aliento, Woodrow extendió la mano sobre el sujetador de encaje que tapaba sus senos e inclinó la cabeza para depositar un beso en el sendero que los atravesaba.

–No se para qué lleváis estas cosas –se quejó desabrochándole el sujetador y suspirando aliviado al conseguirlo.

Ante él tenía dos preciosos pechos que acarició sin prisas con los dedos y con la lengua.

Elizabeth no podía respirar, no podía moverse. ¿Cómo era posible que un hombre fuera tan delicado? ¿Tan tierno? ¿Tan increíblemente sensual?

Un escalofrío la recorrió de pies a cabeza.

–¿Tienes frío? –sonrió Woodrow.

Elizabeth negó con la cabeza.

Sin dejar de acariciarle los pechos, la besó en la boca con la delicadeza de una abeja libando de una flor.

Sin embargo, cuando la miró a los ojos, aquella delicadeza había desaparecido para dar paso al más primitivo deseo.

Elizabeth sintió que se le secaba la boca y se

mojó los labios. Woodrow siguió atentamente el movimiento de su lengua, gimió y volvió a besarla.

Aquel beso desesperado la consumía y la poseía. Sus labios ardientes demandaban la misma respuesta y su lengua exploraba su boca apoderándose de su alma.

Estaba perdida.

Completamente perdida.

Y no le importaba.

Estaba encantada de entregarle su cuerpo y su mente porque nadie le había hecho jamás sentirse así.

—Woodrow —suplicó agarrándolo de la camisa.

Woodrow le puso un dedo sobre los labios.

—Ha sido culpa mía. Me he dejado llevar —se excusó.

—No, no —dijo Elizabeth negando con la cabeza.

Woodrow volvió a hacerla callar, en aquella ocasión con un beso tan tierno que a Elizabeth se le saltaron las lágrimas.

—Eres tan frágil y tan delicada que tengo miedo de hacerte daño —le dijo acariciándole el escote.

Antes de que a Elizabeth le diera tiempo de decirle que no era tan frágil y que lo deseaba tanto como él a ella, Woodrow deslizó los dedos bajo la cinturilla de sus pantalones y se los bajó un poco, dejándole el ombligo al descubierto.

A continuación, trazó la estela de sus dedos con la lengua y dejó los pantalones en el suelo.

Al sentir sus dedos en el abdomen, Elizabeth se estremeció de placer y, cuando Woodrow le separó las piernas y que se quedó mirando fijamente su sexo, se quedó sin aliento.

Elizabeth jamás había disfrutado tanto del atento escrutinio de un hombre, jamás había experimentado el erótico placer de un examen tan pormenorizado.

El sexo con Ted siempre había sido algo mecánico que se hacía a oscuras y bajo las sábanas, pero aquello... ¡aquello!

Sin dejar de mirarla, Woodrow se desabrochó la camisa y se la quitó. A continuación, se desabrochó el cinturón.

Elizabeth sintió que el corazón se le salía del pecho.

Para cuando Woodrow estuvo completamente desnudo y se arrodilló entre sus piernas, estaba excitada, loca de necesidad.

Woodrow introdujo los dedos en aquel líquido caliente fruto del placer que él había generado con sus caricias.

Al sentir sus dedos en el lugar exacto de su feminidad, Elizabeth arqueó la espalda de placer.

–Woodrow, por favor…

Woodrow se tumbó sobre ella y guió su sexo hacia el de Elizabeth.

–No te voy a hacer daño –le prometió.

Elizabeth se tensó al sentir su erección dentro de su cuerpo, pero se relajó inmediatamente y suspiró de placer.

Woodrow se introdujo más adentro y comenzó a moverse contra su pelvis en acompasadas embestidas.

Elizabeth le pasó los brazos por el cuello y se incorporó para seguir el mismo ritmo. La pasión se había apoderado de su mente y su cuerpo ansiaba la liberación final.

Cuando por fin llegó, sintió que la cabeza le daba vueltas y que el cuerpo se le desintegraba.

Sintió que Woodrow se tensaba y se dejaba ir y acogió con placer su cálida semilla en su interior.

A continuación, con la respiración entrecortada, se dejó caer sobre ella.

–¿Estás bien? –le preguntó transcurridos unos segundos.

–Nunca he estado mejor –contestó Elizabeth pasándole los brazos por el cuello.

Elizabeth se despertó lentamente y se estiró. Tenía el cuerpo dolorido después de haber estado toda la noche haciendo el amor, pero suspiró contenta.

Giró la cabeza esperando ver a Woodrow dormido a su lado, pero se encontró la cama vacía. Sonrió de todas maneras y acarició la hendidura que había dejado su cabeza sobre la almohada.

Se estremeció de manera deliciosa al recordarlo dentro de su cuerpo, al recordar sus caricias más íntimas y cómo la habían hecho sentirse.

De repente, la asaltaron las dudas.

¿Por qué se había ido sin despertarla? ¿Sería porque a él no le había parecido una noche tan especial como a ella?

«Para», se dijo a sí misma.

A continuación, se duchó y se vistió dispuesta a ir a buscar a Woodrow para ver si se había arrepentido de lo que había sucedido entre ellos.

De ser así, tendría que conformarse ya que habían acordado que entre ellos no había expectativas, compromisos ni ataduras.

Sí, sabía que tenía que respetar la promesa, pero cómo le gustaría que para Woodrow aquella noche hubiera significado algo importante.

Lo encontró en el granero, sentado con las piernas cruzadas junto a un montón de heno y dándole el biberón a un cabritillo.

Elizabeth sintió que se le derretía el corazón ante aquella escena tan tierna.

–¿Es huérfano? –preguntó.

Woodrow se giró hacia ella y sonrió con un cariño y una sensualidad que hicieron que a Elizabeth se le disiparan todas las dudas.

Woodrow le hizo un gesto para que se sentara a su lado.

–No –le contestó–. Tiene madre, es ésa de ahí, pero tiene demasiada leche y no le puede dar de mamar porque le duele.

–Pobrecito –dijo Elizabeth sentándose y acariciando al animal entre las orejas–. Seguro que esa leche en polvo no tiene nada que ver con la de verdad.

–Esta leche que le estoy dando es de su madre. La he ordeñado y luego la he metido en el biberón.

Elizabeth lo miró con curiosidad.

–¿Y vas a tener que hacerlo todos los días?

–Espero que no. Espero que dentro de unos días se le deshinchen las ubres a la madre y la cría pueda mamar tranquilamente.

En ese momento, el cabritillo, al ver que se había terminado el biberón, se quejó.

–Me parece que quiere más –rió Elizabeth.

Woodrow le entregó el biberón y se puso en pie.

–Eso está bien porque eso quiere decir que va a seguir intentando mamar –le explicó abriendo la puerta para que el cabritillo fuera junto a su madre.

Elizabeth se puso también en pie y se maravilló ante lo ágil que era la cría.

–¿Cuánto tiempo tiene?

–Dos días –contestó Woodrow–. Las cabras son diferentes al resto de los animales. En cuanto nacen, andan con normalidad. Mira, ven a ver esto –le dijo dirigiéndose a una gran puerta que había al fondo del granero.

Elizabeth lo siguió con curiosidad.

–Míralos, son como niños jugando en el recreo.

Elizabeth se quedó alucinada al ver a montones de cabritillos jugando y saltando sobre un árbol caído.

–Son geniales –murmuró–. ¿Has visto a ése? –rió señalando a uno–. El blanco con la cabeza marrón, el que acaba de saltar y ha dado una voltereta completa antes de aterrizar.

Al ver que Woodrow no contestaba, se giró hacia él y lo vio mirándola muy sonriente.

–¿Qué pasa?

–Me gusta que lleves el pelo suelto –contestó Woodrow apartándole un mechón de la cara–. Ese moño que te sueles hacer te da aspecto de mayor.

Eso era lo mismo que decirle que se estaba convirtiendo en una solterona, algo que le habían dicho varias veces y que la hacía sufrir.

–Me molesta para trabajar, por eso me lo recojo –contestó bajando la mirada para que no viera que le habían dolido sus palabras.

–Perdona, nunca se me han dado bien los cumplidos –se lamentó Woodrow levantándole el rostro–. Por si no te has dado cuenta, eso es lo que he intentado. ¿Sabes una cosa? Tienes mejor color esta mañana. Tienes las mejillas más sonrosadas y los ojos más azules.

–Madre mía –rió Elizabeth–. Anoche debía de estar espantosa.

Woodrow sonrió y le acarició la nuca.

–Estabas preciosa –le aseguró–. Eres preciosa –añadió.

Elizabeth sintió un escalofrío por la espalda al mirarlo a los ojos y ver sinceridad en ellos.

Ningún hombre le había dicho que fuera guapa y ella no creía serlo, pero, con su mirada, Woodrow la estaba haciendo sentirse la mujer más bonita del mundo.

Emocionada, se puso de puntillas y le dio un beso en los labios.

—Gracias, Woodrow.

—Si ésta es tu manera de responder a un cumplido, me parece que a partir de ahora voy a hacerte unos cuantos —sonrió Woodrow.

—Vaya, lo acabas de estropear todo —bromeó Elizabeth.

—¿Por qué?

—Porque ahora, cada vez que me digas algo bonito, no sabré si lo has dicho de verdad o solamente para que te bese.

—Te aseguro que lo diré de verdad porque yo sólo digo las cosas que siento —le aseguró—. En cuanto a querer que me beses... me parece que lo voy a querer durante toda mi vida —añadió besándola él.

Después de desayunar, Woodrow fregó los platos y Elizabeth los secó.

—¿Qué vamos a hacer hoy? —preguntó Woodrow.

Elizabeth dejó de secar los platos, como si estuviera considerando diferentes opciones.

—No sé cómo hacerlo, pero me gustaría averiguar por qué estaba mi hermana en Killeen.

–Creo que deberías hablar con Maggie, porque trabajaba con Renee y era su amiga.

Nada más oír aquel nombre, Elizabeth se puso a secar los platos de nuevo.

Woodrow se dio cuenta de que la última persona sobre la faz de la tierra de la que Elizabeth quería hablar era Maggie.

La verdad era que Maggie no había estado muy simpática con ella y, para colmo, había dicho delante de Elizabeth que era la madre de la niña, lo que debía de haber sido muy duro de asimilar.

–Se me ocurre que podrías hablar con la dueña del local donde trabajaba tu hermana –le sugirió.

Al instante, comprobó que Elizabeth se relajaba.

–Me parece una gran idea, Woodrow.

–Entonces, vamos. No perdamos el tiempo –le dijo quitando el tapón del fregadero y secándose las manos.

–No quiero tenerte de chófer de un lado para otro –contestó Elizabeth–. Llévame a la ciudad para que alquile un coche.

–De eso nada –contestó Woodrow–. Te llevo donde tú quieras.

Elizabeth se paró ante el Longhorn y se quedó mirando la destartalada fachada del edificio, sorprendida de que su hermana hubiera trabajado en un sitio así.

Si no hubiera sido de día y Woodrow no hubiera estado a su lado, a ella no se le habría ocurrido bajar del coche y entrar en un lugar de aquellas características.

–No está tan mal como parece –le dijo Woodrow leyéndole el pensamiento–. Estos sitios están mejor por las noches.

–Supongo que te pareceré una esnob –se lamentó Elizabeth.

–No, no eres una esnob en absoluto, pero lo cierto es que jamás pensaría en encontrar a una señorita como tú en un sitio como éste.

–Yo jamás hubiera pensado en encontrar a Renee aquí –suspiró Elizabeth–. No nos educaron así –explicó–. No es que fuéramos ricos, pero mi madre era muy estricta y no nos dejaba ni fumar ni beber ni decir palabrotas ni salir con chicos que lo hicieran –recordó–. Si mi madre se hubiera enterado de que su hija estaba viviendo así, se habría llevado un gran disgusto.

–Hay veces en la vida en las que no hay otra opción –le dijo Woodrow–. Por ejemplo, mira lo que le ha pasado a Maggie. Sé que no os habéis caído muy bien mutuamente, pero te voy a contar su historia. Ha tenido un par de reveses en la vida y se ha encontrado sin dinero, así que no le ha quedado más remedio que ponerse a trabajar aquí. Según ella, Dixie, la dueña del local, le dio la oportunidad de tener una nueva vida –le explicó agarrándola de la mano–. Lo que te estoy intentando decir es que el hecho de que tu hermana trabajara aquí no quiere decir que fuera una mala persona. Tal vez, no tuvo más remedio.

Elizabeth se quedó mirándolo fijamente, se puso de puntillas y le dio un beso en los labios.

–Gracias, Woodrow. No sé qué haría sin ti.

Avergonzado, Woodrow se encogió de hombros.

–¿Entramos a hablar con la señorita Dixie? –propuso agarrándola de la cintura–. ¿Hay alguien en casa? –añadió quitándose el sombrero al entrar.

–Eso depende de quién lo pregunte –gruñó una mujer.

–Soy Woodrow Tanner –se presentó–. Si tiene tiempo, nos gustaría hablar con usted.

Una mujer ataviada con unos vaqueros ceñidos y una camiseta negra con el nombre del bar en la pechera apareció ante ellos.

Desde luego, parecía la dueña del local porque lo que le faltaba de estatura lo tenía de apostura.

Era pelirroja y llevaba el pelo recogido y un cigarrillo colgando de los labios. Con aquella apariencia, Woodrow no creía que ningún vaquero se atreviera a montar jaleo en su bar.

Se quedó mirándolos fijamente.

–Menos mal que no te has hecho pasar por otra persona, porque es imposible negar que eres un Tanner –le dijo con voz ronca.

–Me alegro de conocerla, señorita Dixie –dijo Woodrow estrechándole la mano–. Maggie me ha hablado mucho de usted.

–Será mejor que la cuidéis bien porque de lo contrario... –le advirtió.

–No se preocupe, Maggie es una Tanner ahora y nosotros sabemos defender lo nuestro.

–Para eso está la familia –asintió como si Woodrow acabara de pasar una prueba–. Usted no hace falta que me diga quién es. Es la hermana de Star –añadió mirando Elizabeth.

–Renee –la corrigió automáticamente–. ¿Cómo se ha dado cuenta de quién soy?

–Para empezar, porque sois exactamente iguales –continuó indicándoles que pasaran a su despacho y apagando el cigarrillo en un cenicero lleno de colillas–. Además, Maggie me ha dicho que estabas por aquí.

Woodrow se imaginó que Maggie le había contado a Dixie que temía que Elizabeth se fuera a llevar a Laura.

Una mujer débil habría bajado la mirada ante la dureza de los ojos de Dixie, pero, para su sorpresa y su orgullo, Elizabeth la aguantó con estoicismo.

–Le aseguro que no he venido para ocasionar mal a nadie.

–Entonces, ¿para qué ha venido? –le espetó Dixie.

–Para ver si usted me podía contar algo de mi hermana –contestó Elizabeth con aplomo.

–Era su hermana, así que supongo que sabrá usted más de ella que yo –contestó Dixie con acidez.

Elizabeth dejó caer la barbilla y tragó saliva, pero volvió a levantar la mirada con decisión.

–Renee, o Star como vosotros la llamáis, rompió los lazos con su familia hace mucho tiempo. La última vez que la vi fue hace cinco años, cuando vino a casa para el entierro de mi madre. Me gustaría poder decir que vino porque quería a nuestra madre o, al menos, por respeto, pero lo cierto fue que sólo vino a pedir su parte de la herencia –les explicó con la voz entrecortada.

A Woodrow le pareció que Dixie se relajaba.

–¿Y qué quiere saber? –preguntó sin embargo en tono cortante.

Elizabeth se encogió de hombros.

–Todo lo que pueda contarme. Dónde vivía, qué amigos tenía, cómo era su vida, por qué se vino a vivir aquí, cualquier cosa.

–Star no tenía amigos –contestó Dixie al cabo de un rato –. Sólo Maggie.

–¿Y hombres? Sé que tuvo una aventura con el padre de Woodrow.

–Ella y la mitad de la población femenina de este condado –murmuró Dixie–. Si eso la hace sentirse mejor, le diré que es el único hombre con el que Star ha estado, que yo sepa –le explicó–. Por lo visto, a las chicas les cuesta mucho no acercarse a los Tanner.

Elizabeth se sonrojó levemente, pero siguió con su interrogatorio.

–¿Y por qué se vino a vivir aquí?

–Por lo mismo que muchas mujeres –contestó Dixie chasqueando la lengua y encendiendo otro cigarrillo–. Siguió a un soldado de Ft. Hood hasta aquí. Me dijo que había quedado con él en Las Vegas porque él le había dicho que se fueran a vivir juntos. Para cuando llegó, el soldado se había esfumado y la había dejado colgada. No sé si lo que me contó tu hermana es verdad, pero no es la primera vez que oía esa historia.

Elizabeth se quedó pensativa.

–Si te estás preguntando por qué se lió con un hombre tan mayor como Buck Tanner, nunca me lo contó, pero yo tengo mis sospechas.

–¿Por dinero?

–Por eso también –contestó Dixie–. Tu hermana, sin querer ofender, era una cazafortunas.

–No me ofende, sé cómo era Renee –contestó Elizabeth.

Dixie asintió.

–Yo creo que es cierto que eligió al padre de los Tanner por su dinero, pero también creo que lo eligió precisamente porque estaba buscando un padre.

–Puede que tenga razón –contestó Elizabeth–. Nuestro padre murió cuando ella era un bebé.

–He visto muchas jovencitas como ella que se pasan unos cuantos años mariposeando con chicos jóvenes y terminan con un hombre mayor porque creen que les puede dar la seguridad y el amor que ansían –concluyó apagando el cigarro–. Madre mía, parezco una psicoanalista.

–No lo hace usted nada mal –dijo Elizabeth sinceramente–. Creo que va siendo hora de que nos vayamos –le dijo a Woodrow poniéndose en pie y estrechando la mano de Dixie–. Muchas gracias –le dijo–. No solamente por haberme atendido hoy sino por todo lo que hizo usted por Renee.

–No me tome usted por un ángel –contestó Dixie poniéndose en pie–. Una chica viene y me pide trabajo. Si lo tengo, se lo doy. Aquí se trabaja duro, pero lo que hacen en su tiempo libre no es asunto mío.

Elizabeth consiguió no sonreír al darse cuenta de que aquella mujer era todo corazón, pero no quería que los demás se dieran cuenta.

–Por cómo habla usted de ellas, me apuesto el cuello a que considera a esas chicas su familia.

–Cuando una no tiene familia, se la hace –contestó Dixie levantando el mentón–. La sangre no importa, sino lo que hay en el corazón –añadió llevándose la mano al pecho.

Capítulo Seis

Mientras Woodrow salía a ver al ganado, Elizabeth se quedó pensando en lo que Dixie le había contado sobre Renee.

Los hechos eran fáciles de entender, pero la explicación que le había dado de por qué su hermana había elegido a Buck Tanner como amante no lo era.

Entendía que hubiera mujeres jóvenes que buscaran hombres mayores, pero le costaba creer que en el caso de su hermana hubiera sido así, porque ella tenía apenas unos meses cuando su padre murió y Elizabeth estaba segura de que no conservaba ningún recuerdo de él.

Al darse cuenta de que su sobrina tampoco conocería jamás a su padre, dio un respingo. ¿Se repetiría la historia? ¿Seguiría Laura el mismo camino que su madre?

¿Se rebelaría contra todo y contra todos y terminaría sus días tan trágicamente como Renee?

«Basta ya», se dijo dejando caer la cabeza entre las manos.

No había razón alguna para pensar que la

ausencia de su padre afectaría a Laura de igual manera que a Renee.

En ella, por ejemplo no había tenido el mismo efecto, desde luego, y por eso estaba convencida de que había otros factores importantes que llevaban a la rebelión.

Por desgracia, en aquellos momentos, no se le ocurría ninguno.

Elizabeth se puso en pie y se dirigió a la cocina para poner la secadora. Lo cierto era que no tenía previsto estar tanto tiempo en Tanner's Crossing y se estaba quedando sin ropa.

Acababa de poner la máquina en marcha cuando oyó que se abría la puerta.

Woodrow.

Había vuelto.

Se negaba a examinar por qué su simple presencia la llenaba de alegría y de excitación. No quería psicoanalizar sus sentimientos, prefería sentir. Prefería saber que podía albergar un intenso afecto por aquel hombre, que podía demostrar sus sentimientos sin miedo al rechazo ni a la condena.

A diferencia de su hermana, ella no se había revelado en la juventud, no se había ido de casa y no había buscado a una figura paterna en sus relaciones con los hombres, pero eso no quería decir que no tuviera cierta carga emocional heredada de su infancia.

Elizabeth quería una familia, amor y seguridad, todo lo que había necesitado siendo pequeña, lo que había buscado en su relación con Ted y jamás había encontrado.

Lo había encontrado con Woodrow. En tres días, había experimentado y sentido más que durante los tres años que había estado con su ex novio.

¿Se estaría enamorando?

Elizabeth se puso la mano en el pecho al darse cuenta de lo que estaba sucediendo.

No, no podía ser.

¿O sí?

–¿Dónde estás, doctora? –gritó Woodrow.

–Ahora voy –contestó Elizabeth tomándose un momento para acicalarse antes de ir al salón.

Al llegar, se lo encontró sentado en el sofá quitándose los calcetines y sintió que se le derretía el corazón.

–Hola.

–Hola –sonrió Woodrow poniéndose en pie y desabrochándose la camisa–. ¿Te has aburrido sin mí?

Elizabeth negó con la cabeza porque no podía hablar ya que estaba mirándolo fijamente mientras Woodrow se quitaba la camisa.

¡Qué viril era!

Era tan hombre, tan masculino... Elizabeth se moría por tocarlo, quería deslizar las palmas de sus manos sobre su musculoso pecho y juguetear con el vello de su torso, quería acariciar sus fuertes brazos, sus muslos y sus nalgas.

Quería recorrer su cuerpo con la lengua

para descubrir las diferentes texturas y contornos.

Apretó los puños con fuerza, incapaz de creer que estuviera teniendo aquellos pensamientos, pues nunca había sido una mujer demasiado apasionada.

Pero ahora lo era.

–¿Estás bien? –preguntó Woodrow con preocupación.

–No –contestó Elizabeth sinceramente–, pero no pasa nada, lo estaré en breve –añadió yendo hacia él–. Te necesito, Woodrow.

Elizabeth vio la sorpresa en sus ojos y se dio cuenta del preciso instante en el que su cuerpo respondía al deseo que había percibido en el suyo.

Hasta entonces, habían hecho el amor con suma delicadeza, Woodrow la había tratado como si fuera una frágil obra de porcelana que se pudiera romper.

Sin embargo, no era delicadeza lo que Elizabeth quería en aquellos momentos sino sexo puro y duro.

Sin dejar de mirarlo a los ojos, le acarició el pecho dejando que sus dedos se perdieran entre el vello que lo cubría, y no se pudo resistir a lamerle los pezones.

Tras saborear la sal de su piel y sentir el salvaje latir de su corazón, le acarició la erección haciéndolo gemir.

–Si esto es un sueño, no me quiero despertar –murmuró Woodrow.

Animada por la necesidad que detectó en su voz, Elizabeth lo empujó levemente para que se dejara caer hacia atrás y Woodrow quedó tendido en el sofá con las piernas abiertas.

Sin dejar de acariciarle la entrepierna, Elizabeth lo besó en la boca, pero aquello no era suficiente, así que se deslizó hasta tener la boca sobre su miembro y lo oyó ahogar una exclamación de sorpresa que la hizo sentirse la mujer más poderosa del mundo.

Woodrow se deshizo rápidamente de los vaqueros y de los calzoncillos y Elizabeth pudo apoderarse por fin de lo que su boca tanto ansiaba.

Woodrow no podía soportar más. Si Elizabeth seguía haciéndole aquello, se iba a volver loco, así que la agarró y la obligó a subir hasta su boca.

Acto seguido, la desnudó y la colocó sobre él, encontrando rápidamente el centro de su feminidad y acariciándolo hasta hacerla gemir de placer.

Elizabeth lo miró con pasión y deseo, con la respiración entrecortada, y Woodrow deslizó su sexo en el interior de su cuerpo.

Sintió cómo sus paredes vaginales le daban la bienvenida, entrelazó sus dedos con los de Elizabeth y comenzó a moverse a un ritmo frenético.

–Déjate ir conmigo –le suplicó volviéndola a besar mientras las embestidas eran cada vez más seguidas y fuertes.

Sintió que Elizabeth se tensaba, la vio arquear la espalda y la oyó gritar su nombre. Entonces, con una última embestida, se dejó ir él también.

Dejó caer la cabeza hacia atrás en el sofá y tomó aire.

–¿Te has tomado algo mientras yo he estado fuera? –le preguntó.

–No –rió Elizabeth.

–Entonces, me parece que el aire puro del campo te ha sentado muy bien.

–¿Te ha gustado?

–Por supuesto que me ha gustado. Por mí, lo puedes repetir cuando quieras...

En ese momento, los interrumpió el timbre del teléfono.

–No voy a contestar –anunció Woodrow.

–¿Y si es importante? –contestó Elizabeth estirándose y pasándole el receptor.

–Más vale que lo sea –gruñó Woodrow antes de contestar–. ¿Ahora mismo? –añadió tras escuchar–. Está bien, ahora vamos –suspiró al colgar.

–¿Ha pasado algo? –quiso saber Elizabeth volviendo a dejar el aparato en su sitio.

–No, era Ace. Están todos mis hermanos en casa y quieren conocerte.

–¿Por qué me quieren conocer? –preguntó Elizabeth una vez en el coche.

–No te preocupes, no muerden –la tranquilizó Woodrow.

101

—No me preocupa que muerdan.

—¿Entonces?

—Me siento como si me hubieran llamado ante un consejo real o algo por el estilo, como si fueran a hacerme una prueba.

—Te aseguro que no es así –dijo Woodrow abrazándola–. Sólo quieren conocerte.

—Es muy fácil para ti decirlo porque no eres tú el animalillo al que van a estudiar.

—Parece que han venido todos –dijo Woodrow al ver unos cuantos coches–. Incluso Whit.

—¿Whit?

—Mi hermanastro –le explicó Woodrow aparcando junto al monovolumen de Ry–. ¿Lista? –añadió abriendo la puerta.

Elizabeth tragó saliva, asintió y abrió su puerta. Woodrow la esperó junto al vehículo, la agarró de la cintura y la condujo hasta el porche.

Antes de que les diera tiempo de llegar a la puerta principal, Ace salió a su encuentro.

—¡Ya han llegado! –anunció tomando a Elizabeth de ambas manos–. Tenías razón con lo de la rubeola. Me acaba de llamar Maggie...

—¿No está aquí? –exclamó Elizabeth presa del pánico al pensar en que era la única mujer entre tanto hombre.

—No, ha llevado a Laura al médico y me ha llamado hace un rato para decirme que está de acuerdo contigo. La niña tiene rubeola.

Aunque era ridículo puesto que había sido ella misma la que había sugerido que llevaran a Laura a su médico de cabecera para que les diera una segunda opinión, Elizabeth se sintió herida porque lo hubieran hecho.

–Me alegro –contestó sin embargo, obligándose a sonreír.

–Entra para que te presente a los demás –le dijo Ace llevándola de la mano.

Elizabeth se dejó arrastrar, pero la sorprendió que pasaran de largo ante el salón en el que había estado cuando había conocido a Ace y a Maggie.

En aquella ocasión, Ace la llevó a un estudio y Elizabeth se preguntó si aquello era algo más que una visita social.

Nada más entrar, se paró en seco y sintió como si en aquella habitación no hubiera aire. Los demás hermanos se habían puesto en pie para darle la bienvenida y estar rodeada por cinco hombres Tanner era suficiente para dejar sin aliento a cualquiera.

–Éste es el doctor Ryland Tanner –le presentó Ace tomando de los hombros al hermano que tenía más cerca.

Desde luego, se parecían un montón. Ambos tenían el pelo muy negro y los ojos azules, pero se veía claramente que Ry era más reservado e impaciente, lo que confería a su rostro una formidable expresión de inaccesibilidad.

–Encantado –le dijo estrechándole la mano–. Llámame Ry –añadió indicándole que no debía haber formalidades entre ellos.

–Elizabeth –se presentó ella.

–Y éste es Rory –continuó Ace con el siguiente hermano–. Es el pequeño y el más mimado –añadió con cariño.

–No te creas nada de lo que te dicen –sonrió el aludido estrechándole la mano–. Lo que pasa es que me tienen envidia porque soy el más guapo y el más simpático.

Desde luego, era muy guapo, igual que sus hermanos, pero él tenía una mirada más amable y divertida.

Elizabeth se sorprendió al ver que le tomaba la mano y se la besaba.

–No hagas tonterías, Rory –le advirtió Woodrow.

Rory miró a su hermano mayor y se apartó.

–No es justo que vosotros las conozcáis primero –murmuró.

Sorprendida por aquel comentario tan extraño, Elizabeth decidió que era mejor seguir con las presentaciones y no decir nada.

–Y éste es Whit –concluyó Ace.

Aunque el aludido era tan guapo como los demás, no se parecía a ellos en absoluto. Tenía el pelo castaño, los ojos color avellana y era tímido.

De hecho, cuando levantó la mirada para saludarla, se sonrojó como un niño.

–Hola, Whit, soy Elizabeth.

–Hola, encantado –le dijo jugueteando nervioso con su sombrero.

–¿Te quieres sentar? –le dijo Ace una vez terminadas las presentaciones.

Elizabeth miró a su alrededor y vio que había un sofá y varias butacas. Definitivamente, aquello no era una visita social.

Elizabeth eligió la butaca que tenía más cerca y se sentó. Woodrow se apresuró a sentarse a su lado, impidiendo que lo hiciera Rory, que ya se había lanzado y que no tuvo más remedio que sentarse en el sofá junto a Ry.

Whit se quedó de pie, un poco apartado.

Ace se apoyó en la mesa y sonrió.

—Supongo que te estarás preguntando por qué te he pedido que vinieras —le dijo.

—La verdad es que sí —admitió Elizabeth.

Ace tomó aire.

—Prefiero ir directamente al grano, así que te diré que es por Laura. Para ser más exactos, quiero hablar contigo sobre su futuro —añadió paseándose por la estancia mientras se pasaba los dedos por el pelo—. Cómo sabes, tu hermana dejó a la niña al cuidado de Maggie y le indicó que, si a ella le pasaba algo, tenía que entregarla a su padre, que era el nuestro. Como él murió a los pocos días de que muriera tu hermana, Maggie nos la trajo a nosotros —le explicó Ace—. Maggie y yo la queremos mucho y queremos adoptarla. Lo habríamos hecho ya si no fuera porque hay ciertos asuntos legales que hay que aclarar primero.

Elizabeth sintió que la sangre se le helaba en las venas.

—Lo que quieres saber es ir voy a luchar legalmente por la custodia de mi sobrina, ¿no?

Ace negó con la cabeza.

–No, espero que no tengamos que llegar nunca a eso porque todos los que estamos presentes en esta habitación podríamos reclamar la custodia de Laura –le explicó–. Todos mis hermanos han cedido sus derechos para que Maggie y yo la adoptemos y lo que quiero saber es si tú estás dispuesta a hacer lo mismo.

Elizabeth sintió que se le abría un agujero en el pecho que la abrasaba. No estaba preparada para aquello y no sabía qué contestar.

–Ella no tiene nada que decir.

Todos los presentes se giraron hacia la puerta. Allí estaba Maggie, pálida como la pared y apretando a Laura con fuerza contra su pecho.

–Por favor, Maggie –le dijo Ace con paciencia.

–¡No! –gritó entrando en la habitación–. Si Star hubiera querido que le entregara su hija a su hermana, me lo habría dicho, pero me dijo que se la entregara a Buck.

Elizabeth sintió una punzada de dolor tan fuerte que creyó que no iba a poder levantarse, pero lo consiguió aunque le temblaban las piernas.

–Me quiero ir –le dijo a Woodrow yendo hacia la puerta.

Woodrow miró a sus hermanos y a Maggie, suspiró, se puso en pie y la siguió.

Capítulo Siete

Woodrow había oído muchas veces la expresión «estar entre la espada y la pared», pero no la había entendido realmente hasta ahora.

Alguien iba a sufrir con el asunto del futuro de la niña y sabía que, perdiera quien perdiera la batalla, le iban a echar a él la culpa de la pérdida.

Se encontraba entre la lealtad a su familia y el cariño cada vez más fuerte que sentía por Elizabeth, a la que quería ayudar, pero no sabía cómo hacerlo.

–¿Quieres beber algo? –le preguntó al llegar a casa.

Elizabeth negó con la cabeza y se quedó mirando por la ventana.

–Sé que lo que te ha dicho Maggie te ha dolido, pero tienes que entender que tiene miedo y que no se da cuenta de lo que dice.

–Lo que ha dicho es cierto. Renee no quería que me entregara a su hija, no quería que yo la tuviera. Si lo hubiera querido, se lo habría dicho a Maggie –le dijo con lágrimas en los ojos–. Eso es lo que me duele, no las palabras de Maggie. Lo que me duele es que mi her-

107

mana me odiara tanto como para no querer que me hiciera cargo de su hija.

Woodrow sintió que se le rompía el corazón y la abrazó por detrás.

—No creo que Renee te odiara. Los hermanos tenemos diferencias constantemente, pero eso no es odio.

—No, te equivocas. Desde los doce años, mi hermana me dejó perfectamente claro que me odiaba, pero no sé por qué.

Woodrow la tomó en brazos, se sentó en el sofá y la colocó sobre él.

—Háblame de tu hermana —la animó para ver si así encontraba cierta paz.

Elizabeth tardó en hacerlo.

—Era una niña muy guapa —dijo por fin—. Tenía el pelo muy rubio y largo y unos ojos azules impresionantes. Todo el mundo la mimaba, los de casa y los de fuera. Renee tenía una habilidad especial para hacer con la gente lo que quería y conseguir siempre lo que se le antojaba. Nuestro padre murió cuando era muy pequeña y, como no teníamos dinero, mi madre se puso a trabajar. Una vecina cuidaba de Renee mientras yo iba al colegio, pero yo la cuidaba por las tardes y durante los veranos. Yo era muy pequeña y cuidar de mi hermana era como jugar a las muñecas. Tenía que darle de comer, bañarla y vestirla. Entonces, nos adorábamos. Con el tiempo, se acostumbró a que yo se lo hiciera todo y no quería que nadie más se acercara a ella. Ni siquiera mi madre. Si alguien intentaba hacerlo, se ponía furiosa y comenzaba a gritar hasta que yo iba».

A medida que se fue haciendo mayor, se fue haciendo también cada vez más exigente y absorbente. Nada de lo que hacía por ella era suficiente. Me di cuenta de que la había mimado en exceso e intenté mostrarme más firme con ella, más estricta –le explicó con tristeza–. Para entonces, ya era demasiado tarde. Se rebeló, se escapaba de casa, se vestía de manera ridícula. Yo entonces estaba en la universidad, pero seguía viviendo en casa. Mi madre no sabía qué hacer con ella. Yo intenté todo, por las buenas y por las malas, pero nada dio resultado. Al final, se fue –concluyó abrazándose a Woodrow con fuerza–. Fue espantoso no saber dónde estaba. Ni siquiera sabíamos si estaba viva. Al cabo de un mes, volvió a casa como si no hubiera pasado nada, como si tuviera todo el derecho del mundo a volver sin dar ningún tipo de explicación. Mi madre y yo estábamos tan contentas de que hubiera vuelto sana y salva que tampoco se la pedimos. Aquello fue un error –admitió–. Un tremendo error. Volvió escaparse. Se escapaba constantemente y cada vez estaba más tiempo fuera de casa. Cada vez que volvía, era más difícil tratar con ella. Le robaba dinero a mi madre vete tú a saber para qué. La última vez que se fue, yo ya había terminado la carrera y estaba viviendo sola. Mi madre estaba delicada de salud y Renee se aprovechaba de ello para pedirle cada vez más dinero. Al final, decidí hacerme cargo de los asuntos de mi madre y, así, la obligué a tener que pasar por mí cada vez que quería algo. Aquello no le gustó absolutamente nada y nos dejó muy claro que no nos quería volver a ver en la vida. Durante algunos años así fue. A mí sólo me llamaba cuando necesitaba dinero. A mi madre, jamás volvió a ir a verla y ni siquiera se molestó en llamarla. La última vez que yo la vi fue en el entierro de mi madre. Hubiera querido odiarla, no por lo que me había hecho a mí sino por lo mucho que le había hecho sufrir a mi madre, pero no pude –concluyó mirando a Woodrow a los ojos–. A pesar de todo, la seguía queriendo.

–¿Estás segura de que vas a estar bien sola?

–Sí, de verdad –contestó Elizabeth emocionada por la preocupación de Woodrow.

–Si quieres, puedes venir conmigo –le dijo acariciándole la mano–. No voy a tardar mucho, sólo voy a la ciudad a comprar algo de cena.

–Gracias, pero no me apetece –contestó Elizabeth–. Tengo que llamar a la consulta para ver qué tal va todo. No he hablado con ellos desde que he llegado aquí.

Woodrow suspiró resignado, se puso el sombrero y abrió la puerta.

–¿Seguro que vas a estar bien tú sola?

Elizabeth puso los ojos en blanco.

–Que sí. Por favor, vete.

–Si necesitas algo, llámame.

–¡Woodrow! –exclamó Elizabeth exasperada.

–Está bien, está bien –murmuró Woodrow cerrando la puerta.

Una vez a solas, Elizabeth fue a su habitación, donde había dejado el bolso y el teléfono móvil. Estaba escuchando los mensajes de su buzón de voz cuando oyó que llamaban a la puerta.

Colgó el teléfono y fue a abrir. Para su sorpresa, era Maggie. Le entraron unas tremendas ganas de cerrarle la puerta en las narices, pero ella no era así.

–¿Qué quieres? –le preguntó con frialdad.

–¿Está Woodrow en casa? –dijo Maggie.

–No, ha ido al pueblo a comprar la cena –contestó Elizabeth–. ¿Quieres que le diga algo de tu parte?

–No, la verdad es que he venido a verte a ti –contestó Maggie mirándola a los ojos.

Sorprendida, Elizabeth se dio cuenta de que Maggie tenía los ojos hinchados y enrojecidos. Obviamente, había estado llorando y aquello hizo que se le ablandara el corazón, pero no se atrevía a fiarse de ella.

–¿Para qué? –le preguntó.

Maggie bajo la mirada.

–No me he portado bien contigo –admitió–. Te pido perdón por eso y por lo que te he dicho antes.

–No, desde luego no te has portado bien conmigo –contestó Elizabeth–, pero tenías razón –suspiró–. No creo que mi hermana quisiera que yo me quedara con su hija.

–Yo adoro a Laura –sollozó Maggie–. No quiero perderla por nada del mundo.

La parte amable y protectora de Elizabeth quería asegurarle a aquella mujer que no tenía nada de lo que tener miedo, pero su parte racional le decía que no debía hacerlo porque, al fin y al cabo, todavía no había decidido lo que iba a hacer.

–Es obvio que la quieres –admitió–. Y te doy las gracias por lo que has hecho por ella.

–No se lo que pasó entre Star y tú porque no hablaba nunca de su familia, pero la conocía bien y sé que seguramente fue culpa suya.

Elizabeth sonrió con tristeza.

–Muchas gracias por tu comprensión, pero te aseguro que yo también cometí ciertos errores –le dijo–. Lo que más me duele es que haya muerto sin haber podido hacer las paces.

Maggie se limpió las lágrimas y señaló hacia su coche.

–Tengo cosas suyas, algunas cajas que Dixie y yo recogimos de su casa cuando murió. He creído que te gustaría tenerlas.

Elizabeth sintió una sensación entre miedo y curiosidad ante la posibilidad de rebuscar entre las pertenencias personales de su hermana y descubrir sus secretos.

–Sí, muchas gracias –contestó–. Te ayudo.

Lo cierto es que no había mucho y en un par de viajes lo tenían todo metido en casa.

–Bueno, pues yo me voy –anunció Maggie.

Sin saber muy bien por qué, Elizabeth la agarró de la mano.

–¿Te importaría quedarte mientras abro las cajas? Ya sé que soy una cobarde, pero mirar sus cosas... –admitió bajando la cabeza–. La verdad es que prefiero no hacerlo sola.

–Te entiendo perfectamente –contestó Maggie apretándole la mano–. Cuando Woodrow estaba intentando localizar a la familia de Star, me pidió que miráramos lo que había en las cajas y lo pasé fatal –recordó con un estremecimiento.

Agradecida por la compañía, Elizabeth se arrodilló en el suelo y Maggie la siguió.

–Me imagino que no habrá nada de valor –dijo nerviosa.

–No, Star... perdón, Renee no tenía nada de valor –contestó Maggie abriendo la primera caja–. Aquí hay ropa y zapatos, pero no creo que a ti te gusten.

Elizabeth se acercó a la caja y agarró una camiseta prácticamente inexistente. A continuación, se la puso sobre el pecho.

–Madre mía, no me puedo creer que Renee se pusiera estas cosas.

–Le encantaba vestirse así –contestó Maggie riéndose a continuación.

–¿Qué?

–Nada, pero es que esta ropa a ti no te va en absoluto.

113

–¿Por qué? ¿Porque parezco una solterona que no se atreve a ponerse nada atrevido?

Maggie se dio cuenta de que había herido sus sentimientos.

–No –se apresuró a contestar–. No lo digo por eso sino porque tú eres una mujer de clase y esta ropa es...

–¿Cutre? –dijo Maggie enarcando una ceja.

–Sí, un poco –contestó Maggie.

Elizabeth se quedó mirando la camiseta y negó con la cabeza.

–No, no podría –dijo en voz baja.

–¿A qué te refieres? –quiso saber Maggie.

–A nada –contestó Elizabeth doblando la camiseta a toda velocidad y metiéndola en la caja–. Es una fantasía absurda.

–¿Qué fantasía? –insistió Maggie con curiosidad.

–Es tan ridícula que me da vergüenza contártela. Bueno, lo cierto es que siempre me he preguntado qué se sentiría siendo una bailarina de striptease.

–No me lo puedo creer –dijo Maggie tapándose la boca.

Elizabeth se sonrojó de pies a cabeza.

–Ya te dicho que era ridículo. Nunca he tenido valor para desnudarme delante de un solo hombre, así que imagínate delante de muchos. Además, no tengo cuerpo para hacerlo.

–¿Cómo que no? –dijo Maggie poniéndose en pie y tomando a Elizabeth de la mano.

Acto seguido, le dio la camiseta y unos shorts escandalosos.

—Ponte esto —le dijo—. Yo voy a ver si encuentro la música apropiada.

—¿Estás loca? —contestó Elizabeth con los ojos como platos—. ¡No me voy a desnudar para ti!

Maggie puso los ojos en blanco.

—No hace falta que te desnudes, basta con que te sueltes el pelo y bailes. Venga, nadie se va a enterar —la animó curioseando entre dos discos de Woodrow—. ¿A qué esperas? ¡Haz realidad tu fantasía!

Tras dar de comer a los animales, Woodrow fue hacia la cabaña preocupado por cómo estaría Elizabeth.

No le hacía ninguna gracia haberla dejado sola, porque había tenido un día muy duro.

A medida que se iba acercando, se dio cuenta de que iba acelerando el paso y pensó que no era porque estuviera preocupado por ella sino porque la quería ver, porque la había echado de menos.

Se había acostumbrado a su presencia y eso, para un hombre que estaba acostumbrado a vivir solo y que disfrutaba de su soledad, era bastante extraño.

Lo cierto era que la iba echar mucho de menos cuando se hubiera ido.

¿Cómo?

¿Desde cuándo echaba él de menos la compañía de alguien? A él le gustaba estar solo y no quería ni amigos mi familia cerca.

De todas formas, ¿por qué se preocupaba tanto? Aunque él quisiera que Elizabeth se quedara, no sería así porque ella tenía su vida y su trabajo en Dallas y su vida no tenía nada que ver con lo que él quería.

Entonces, vio el coche de Maggie aparcado frente a su casa.

—Oh, no —se lamentó.

Temiendo encontrarse a Elizabeth en un mar de lágrimas o a las dos mujeres a gritos, entró corriendo en casa.

Lo que vio lo hizo quedarse helado en el sitio.

Elizabeth estaba subida en la mesa saltando y bailando al ritmo de una sugerente música. Llevaba el pelo suelto, estaba descalza y llevaba un conjunto dorado que apenas le cubría nada.

—¿Se puede saber qué estáis haciendo?

Al oírlo, Elizabeth dio un respingo y estuvo a punto de caerse de la mesa y Maggie, que estaba sentada, riendo y animando a Elizabeth, se puso en pie de un salto.

Ambas se quedaron mirándolo horrorizadas.

—¿Qué haces aquí? —dijo Maggie.

Woodrow cerró la puerta con el pie.

—Vivo aquí —contestó—. ¿Se puede saber qué estáis haciendo? —insistió.

Maggie se colocó frente a la mesa intentando tapar a Elizabeth.

–Bueno, le he traído a Elizabeth las cosas de Star y... nos las estamos probando para ver cómo nos queda –contestó nerviosa.

Woodrow frunció el ceño y se cruzó de brazos.

–¿Para qué? –le preguntó a Elizabeth–. ¿Vas a dejar la medicina y te vas a dedicar al desnudo?

–Puede que sí –contestó indignada por su tono de voz–. A Maggie le parece que tengo talento para hacerlo.

Aquello era tan ridículo que a Woodrow le entraron ganas de reírse, pero no lo hizo porque no pudo. La verdad era que la doctora estaba irresistible ataviada así.

Al darse cuenta del efecto que tenía sobre él, Elizabeth se acercó y le pasó la bufanda con la que había estado bailando por el cuello.

–¿A ti qué te parece? ¿Qué tal se me daría ser bailarina de striptease?

Maggie carraspeó como para recordarles su presencia, pero ni Elizabeth ni Woodrow le hicieron caso.

–Creo que será mejor que me vaya –murmuró entonces–. Hasta luego –les dijo desde la puerta.

Woodrow oyó que la puerta se abría y se cerraba, pero no se pudo mover.

–¿Qué te pasa? –bromeó Elizabeth–. ¿Te ha comido la lengua el gato?

117

Woodrow no contestó. La tomó en brazos y la llevó a la habitación.

—La única gata que hay en esta casa eres tú.

—Miau —bromeó Elizabeth pasándole las uñas por la cara.

Woodrow la dejó sobre la cama y se tumbó a su lado.

—No me has contestado. ¿Tú crees que se me daría bien ser bailarina de striptease?

—No lo sé —contestó Woodrow jugando con el cierre de su sujetador—. Ya veremos.

Dicho aquello, le quitó la camiseta dorada y le acarició los pechos haciéndola gemir de placer.

—Me parece que, según las normas, los clientes no deben tocar a las bailarinas —bromeó acariciándole el pelo.

—A mí nunca se me ha dado muy bien eso de respetar las normas —contestó Woodrow tumbándose sobre ella.

A la mañana siguiente, Elizabeth y Woodrow estaban plácidamente dormidos cuando un irritante pitido llegó hasta la habitación.

Woodrow consiguió ignorar el primero, pero el segundo lo hizo levantarse de la cama y acercarse a la ventana.

—¿Quién es? —preguntó Elizabeth desde la cama.

—Uno de mis hermanos —contestó Woodrow abriendo la ventana—. ¿Qué demonios quieres, Rory? —gritó a continuación.

–¿Todavía estás en la cama? Pero si son más de las siete –contestó Rory sorprendido.

–Voy a ver si me deshago de él –le dijo Woodrow a Elizabeth poniéndose unos vaqueros y dirigiéndose a la puerta.

Aunque no los veía, Elizabeth oía su conversación.

–¡Vaya, vaya, vaya! –se rió Rory–. Es obvio que vienes de estar con una mujer.

Elizabeth se apresuró a cerrar la ventana porque no quería oír nada más.

–Eso no es asunto tuyo –gruñó Woodrow.

–Desde luego, si hubiera sabido que para convencer a la doctora de que les cediera a Ace y a Maggie la custodia de la niña había que acostarse con ella, te aseguro que hubiera cancelado mi viaje y hubiera ido yo a Dallas a buscarla.

Elizabeth se quedó helada.

¿Por eso se habría acostado Woodrow con ella? ¿Formaría todo parte de un plan para convencerla de que no luchara por la custodia de su sobrina?

Diversas escenas que habían tenido lugar entre ellos desde que se habían conocido pasaron por su mente.

Woodrow en el aparcamiento de su consulta contándole que Ace y Maggie querían adoptar a Laura, Woodrow abrazándola mientras ella lloraba después de haber conocido a su sobrina, Woodrow preguntándole si había decidido qué iba hacer con Laura y Woodrow llevándola a la cama y haciendo el amor.

¿Tendría todo aquello alguna conexión?

Elizabeth terminó de bajar la ventana con manos temblorosas y se fue al baño, donde se metió en la ducha sin esperar a que el agua se calentara.

No hacía falta.

Ni siquiera notó el agua helada ya que el comentario de Rory le había helado la sangre.

Cuando salió del baño, Woodrow estaba sentado en el borde de la cama poniéndose las botas.

—Tengo que ir al rancho de mi padre a ayudar a mis hermanos con el ganado —anunció—. Anoche alguien se estrelló contra una de las vallas y varias reses se han escapado —le explicó abrochándose la camisa y los vaqueros.

—¿Cuánto vas a tardar? —preguntó Elizabeth intentando disimular su enfado y su dolor.

—Un par de horas —contestó Woodrow acercándose a ella y abrazándola—. ¿Quieres venir conmigo? Te podrías quedar con Maggie y con la niña mientras esté fuera.

Elizabeth tragó saliva e hizo un gran esfuerzo para no abrazarse a él con fuerza y pedirle que no se fuera.

—No —contestó—. Prefiero quedarme aquí.

—¿Seguro? A lo mejor estoy fuera más tiempo.

—Sí, seguro —contestó Elizabeth.

Woodrow se encogió de hombros, se despidió con un beso y fue hacia la puerta.

–Si cambias de opinión, llama a Maggie para que te venga a buscar. Tienes el número del rancho en la agenda que hay al lado del teléfono.

A Elizabeth le entraron unas enormes ganas de correr detrás de él y preguntarle si lo que había dicho Rory era cierto, pero el orgullo le impidió hacerlo.

Tras haber grabado en su memoria todos y cada uno de los detalles, sus hombros, sus zancadas y su sombrero de vaquero, se dijo que aquella vez era la última que vería a Woodrow Tanner.

Capítulo Ocho

Elizabeth se vistió e hizo la maleta.

Se iba.

No había motivo para seguir en aquella casa.

En cuanto había oído el comentario de Rory, había tenido las cosas claras.

Sin embargo, antes de poder irse tenía que terminar lo que había empezado yendo a Tanner's Crossing.

Tenía que decidir lo que iba a hacer con su sobrina.

Le costaba pensar porque, mirara donde mirara, veía a Woodrow.

Tumbado en el sofá, con los pies sobre la mesa acariciando a Blue y sonriendo, fregando el desayuno en la cocina, tumbado en la cama abrazándola después de haber hecho el amor.

Al borde de las lágrimas, salió al porche para ver si el aire fresco la ayudaba a pensar con claridad.

Comenzó a andar sin rumbo fijo y a pensar en Laura, la hija de Renee.

¿Qué debía hacer con ella?

El aspecto legal no le importaba. Lo importante era la felicidad de la niña. Tenía que hacer lo mejor para ella.

¿Y qué era lo mejor para su sobrina?

Se lo preguntó varias veces y no obtuvo una respuesta clara.

Al llegar al lago, se sentó en la hierba bajo un árbol cerca de donde Woodrow la había llevado a pescar y se abrazó las rodillas.

Tenía varias opciones.

La primera, la que su corazón quería seguir, era adoptar a la niña. La quería y podía permitirse económicamente tener una hija, pero tendría que contratar a una niñera para que se ocupara de ella mientras estuviera trabajando.

La idea de dejarla con una desconocida no le hacía ninguna gracia y le recordaba a su niñez, cuando su madre se había visto obligada a trabajar fuera de casa dejándolas a Renee y a ella solas.

La segunda opción era renunciar a sus derechos sobre la pequeña para que Ace y Maggie la adoptaran.

Al pensarlo, se le saltaron las lágrimas. ¿Dónde iba a encontrar el valor para hacerlo? ¿Cómo iba a darle la espalda a la única persona de su familia que tenía en el mundo?

Si lo hacía, cortaría el último vínculo que tenía con su hermana. Aquello fue demasiado y Elizabeth dejó caer la cabeza hacia delante presa de las lágrimas.

—¿Elizabeth?

Al oír su nombre, levantó la mirada y se encontró con Maggie, que estaba de pie frente a ella y la miraba con curiosidad.

Al ver que llevaba a Laura en una mochila, Elizabeth se secó las lágrimas y sonrió.

–Lo siento, no te había oído.

–¿Te pasa algo? –le preguntó Maggie sentándose a su lado y agarrándola de la mano.

–No –mintió Elizabeth–. Estoy bien.

–¿Has discutido con Woodrow? Es eso, ¿no? –se indignó Maggie–. Se va a enterar ese cuando lo vea.

Elizabeth se rió al imaginarse a la pelirroja peleándose con un hombre tan grande como Woodrow.

–No, no es eso –contestó.

–Entonces, ¿qué te pasa? Obviamente, no te encuentras bien.

Elizabeth le acarició la cabecita a Laura y sonrió.

–¿La puedo tener en brazos?

–Por supuesto, eres su tía –contestó Maggie.

«Su tía», pensó Elizabeth tomando a la pequeña en brazos.

–Es una preciosidad, un angelito –susurró.

–Sí, lo es –sonrió Maggie–, pero te aseguro que se pone como una fiera cuando hay que cambiarle el pañal o cuando tiene hambre.

Elizabeth chasqueó la lengua.

–De tal palo, tal astilla. Cuando Renee era pequeña, era exactamente igual. Mientras tuviera el pañal seco y la tripa llena, estaba fenomenal, pero, en cuanto no fuera así, se enteraba todo el barrio.

Aquello hizo reír a Maggie.

–Te entiendo. Laura tiene unos pulmones de una potencia increíble.

Elizabeth suspiró con el corazón lleno de recuerdos.

–No podía soportar oír llorar a mi hermana y recuerdo que hacía cualquier cosa para intentar que se calmara.

–Supongo que estabais muy unidas.

Elizabeth sintió que los ojos se le llenaban de lágrimas y asintió.

–Al principio sí, pero eso fue hace mucho tiempo.

Maggie le pasó el brazo por los hombros y la apretó contra sí.

–No sé qué pasó entre nosotras, pero Renee te quería. Lo sé. De no haber sido así, no le habría puesto tu nombre a su hija.

–¿Cómo? –preguntó Elizabeth sorprendida.

–¿No lo sabías? Laura se llama Laura Elizabeth por ti.

–No, no lo sabía –contestó Elizabeth.

–Eso demuestra que tu hermana te quería.

–Oh, Maggie, no te puedes imaginar lo mucho que significa para mí que mi hermana le pusiera mi nombre a su hija –suspiró Elizabeth apoyando la cabeza en el hombro de Maggie.

–Te lo hubiera dicho antes, pero creía que Woodrow te lo habría dicho.

–No, no me lo ha dicho –contestó tensándose al oír su nombre.

–Woodrow ha hecho algo, ¿verdad? Por eso estabas llorando.

Elizabeth negó con la cabeza.

–¿Por qué dices eso?

–Porque soy mujer –contestó Maggie–. Venga, Elizabeth, será mejor que me digas lo que te ha hecho porque no voy a dejar de insistir hasta que lo hagas.

–No puedo –contestó Elizabeth con lágrimas en los ojos–. La verdad es que no me ha hecho nada. Ha sido culpa mía por ser tan ingenua.

Maggie se cruzó de brazos y la miró atentamente.

–Te has acostado con él, ¿verdad?

–Sí, pero ha sido un error –contestó Elizabeth con las lágrimas cayéndole por las mejillas–. No habría sucedido si yo no hubiera sido tan débil.

–¿Te obligó? –gritó Maggie.

–No, no, en absoluto –contestó Elizabeth–. Yo participé de manera más que voluntaria.

–¿Entonces dónde está el problema? Dos adultos hacen el amor y ya está. ¿Por qué dices que ha sido un error?

–Porque no significa nada para él –contestó Elizabeth presa de la furia–. Ha sido todo un engaño para convencerme de que renunciara a mis derechos sobre Laura.

–No, eso no es así –le dijo Maggie–. Te equivocas. Woodrow jamás haría algo así. Es cierto que Ace y yo queremos adoptar a tu sobrina y es cierto que le pedimos que fuera a Dallas a hablar contigo, pero el resto simplemente ha sucedido porque tenía que suceder. Woodrow jamás utilizaría a una mujer. Te aseguro que él no es así.

Elizabeth no quería seguir hablando de aquello.

Nada de lo que le dijera Maggie le iba a hacer cambiar de opinión después de haber oído el comentario de Rory.

De repente, tomó aire y vio claro lo que tenía que hacer con su sobrina.

—Me voy a casa —anunció—. ¿Me llevas al aeropuerto?

—No te vayas así —le dijo Maggie agarrándola de la mano—. Por favor, habla con Woodrow y deja que se explique.

—No —dijo Elizabeth poniéndose en pie—. Cuando comenzamos nuestra relación, estuve de acuerdo en no tener esperanzas ni ataduras ni compromisos. Entonces, creí que era lo mejor para que ninguno de nosotros sufriera pero... eso fue antes de darme cuenta de que estoy enamorada de él.

Elizabeth compró su billete en el aeropuerto de Killeen, facturó la maleta y se reunió con Maggie y con la niña en el vestíbulo en el que la habían esperado.

Al llegar, se obligó a sonreír con valentía.

—Mi vuelo sale dentro de tres cuartos de hora, así que creo que ha llegado el momento de despedirnos —le dijo mirando a la pequeña y acariciándole la mejilla—. Creía que decidir lo que debía hacer con Laura iba a ser muy difícil, pero, al final, no lo ha sido tanto —dijo mirando a Maggie los ojos—. Soy su tía y siempre lo seré. Ése es mi papel, pero Laura es tuya y de Ace, eso es lo que Renee quería y eso es lo que va a ser.

Maggie la miró aliviada y con los ojos llenos de lágrimas.

—Oh, Elizabeth, ¿estás segura?

—Sí, estoy segura —contestó Elizabeth poniéndole una mano en el hombro—. Mándame todos los documentos que sean necesarios y yo os los firmaré gustosa, pero te advierto una cosa: soy su tía y, como tal, pienso mimarla durante toda la vida —le advirtió en tono de broma.

Maggie se rió entre las lágrimas y abrazó a Elizabeth con fuerza.

—Puedes mimarla todo lo que quieras.

—¿La puedo tomar en brazos por última vez?

Maggie le entregó la niña a Elizabeth y se colocó a su lado.

—Ven a pasar el día de Acción de Gracias con nosotros —le dijo—. Y las Navidades también. Son fechas para estar en familia.

Familia.

Eso era lo que Elizabeth siempre había querido tener.

–Gracias, vendré –prometió emocionada–. Lleva a Laura de vez en cuando a Dallas y la llevaremos de compras y al zoo.

Maggie la miró a los ojos y la abrazó con fuerza.

–¿Sabes una cosa? Yo no tengo hermanas y, si estás dispuesta a dejar que adoptemos a Laura, ¿te podríamos adoptar a ti también?

Elizabeth sonrió entre las lágrimas, le apretó la mano y se la llevó al corazón.

–Por supuesto que sí –contestó.

Los hermanos Tanner entraron en casa precedidos por Ace.

–Qué bien huele –declaró éste.

–Limpiaos bien los pies antes de entrar –les espetó Maggie mientras removía el guiso.

Ace se volvió hacia sus hermanos y se encogió de hombros.

–Espero que hayas hecho suficiente comida porque venimos muertos de hambre –le dijo a su mujer acercándose a ella.

Y lo único que consiguió fue que Maggie le diera un codazo en las costillas.

–¿Qué te pasa? –le preguntó confuso.

–Hombres –contestó Maggie mirándolos a todos con desprecio.

Ace se volvió hacia sus hermanos, que se habían quedado en la puerta sin saber muy bien si entrar o no.

–¿Te importaría precisar un poco más?

–Hombres –repitió Maggie golpeando la encimera con la cuchara de madera.

–Evidentemente, estás enfadada, pero lo que no sé es si es con todo el género masculino o con algún hombre en concreto.

–¡Pregúntaselo a él! –exclamó Maggie señalando a Woodrow.

–¿A mí? –contestó Woodrow sorprendido–. ¿Y yo qué he hecho?

–Eso me gustaría saber a mí –contestó Maggie cruzándose de brazos–. ¿Por qué no nos lo cuentas?

Woodrow miró a sus hermanos y se encogió de hombros.

–No sé de qué me hablas –contestó.

–Podríamos empezar hablando de Elizabeth –le dijo Maggie yendo hacia él–. Por cierto –le dijo a su marido–, hay que mandarle los papeles porque ha decidido dejar que adoptemos a la niña.

–¿De verdad? –preguntó Ace emocionado.

–Sí –contestó Maggie volviendo a concentrar su furia en Woodrow–. ¿Qué le has hecho? Y no se te ocurra decir que no le has hecho nada porque la he visto llorar.

Woodrow sintió como si lo golpearan en el pecho con una barra de acero.

–¿Dónde está?

–Se ha ido y me gustaría saber qué le has hecho para que haya tomado esa decisión.

–Nada, te lo juro –contestó Woodrow–. Cuando me fui esta mañana, estaba bien. Estábamos en la cama cuando llegó Rory. Me contó lo de la valla y me fui con él –recordó–. Te aseguro que estaba bien.

–Oh, oh –dijo Rory.

–¿Qué? –dijo Woodrow girándose hacia su hermano.

–¿Estaba contigo en la cama cuando llegué esta mañana?

–Sí, ¿y qué? –gruñó Woodrow.

Rory dio un paso atrás y colocó a Ry entre Woodrow y él.

–Si no recuerdo mal, abriste la ventana cuando oíste el claxon del coche, ¿no?

–Sí.

–Y, luego, te pusiste los pantalones y saliste.

–Sí –volvió a contestar Woodrow–. ¿Quieres dejar de irte por las ramas?

Rory se pasó los dedos por el pelo.

–Bueno, creo que dije algo así como que, si hubiera sabido lo que había en juego, refiriéndome a ella, habría ido yo a Dallas –le recordó.

Woodrow dejó caer la cabeza hacia atrás al recordar aquel comentario y comprendió que, si Elizabeth lo había oído, se habría imaginado lo que no era.

–Te voy a matar, Rory.

–Yo no sabía que nos estaba oyendo –se defendió Rory corriendo hacia su furgoneta.

Woodrow fue tras él dispuesto a ponerle el otro ojo morado, pero Ace lo agarró del brazo y se lo impidió.

–No te metas en esto –le advirtió Woodrow.

–Pegar a Rory no va a arreglar nada y lo sabes –le dijo Ace–. Es con Elizabeth con la que tienes que hablar si quieres arreglar las cosas.

En un abrir y cerrar de ojos, el rostro de Woodrow se tornó de piedra.

–¿Por qué? Es ella la que se ha ido, no yo.

Elizabeth se refugió en el trabajo para no pensar en Woodrow ni en lo que había sucedido entre ellos.

Ninguno de sus compañeros de trabajo, ni las enfermeras ni los dos médicos con los que compartía consulta, sospechaba que hubiera ocurrido nada fuera de lo normal durante la semana que había estado fuera.

Eso era porque a Elizabeth se le daba muy bien ocultar sus sentimientos. Llevaba haciéndolo muchos años y podía darle las gracias a su ex novio por haberla ayudado a pulir aquel talento.

Aunque había conseguido llenar los días con el trabajo, las noches eran para la reflexión y... el recuerdo.

El insomnio había vuelto y, al no poder dormir, tenía unas terribles ojeras. Los pocos ratos en los que dormía, soñaba siempre con Woodrow, con lo que había habido entre ellos y lo que podría haber habido.

Además, había adelgazado y, en conjunto, tenía una apariencia enfermiza.

Estaba furiosa consigo misma por haberle

dado el poder a Woodrow de hacerla sufrir y avergonzada por cómo se había equivocado con él.

Había creído que era un hombre tierno y cariñoso cuando, en realidad, lo único que buscaba era que renunciara a sus derechos sobre su sobrina.

Al sentir que se le saltaban las lágrimas, agarró el historial de un paciente e intentó concentrarse en los resultados de los últimos análisis de sangre que le habían hecho, pero sólo consiguió ver el rostro de Woodrow.

«Oh, Woodrow, ¿por qué me he enamorado de ti?, se preguntó entre lágrimas.

Woodrow estaba sentado en los escalones del porche de su casa haciendo virutas. Blue estaba tumbada a su lado y lo observaba.

Todo el mundo, incluso su perra, sabía que, cuando se ponía a hacer virutas con la navaja, era que estaba mal.

Aquella actividad lo serenaba, pero, en aquella ocasión, tenía la sensación de que iba a necesitar el bosque entero para calmar su dolor.

Elizabeth se había ido.

Lo sabía, tendría que haberlo previsto desde el principio porque todas las personas a las que había querido en su vida se habían ido.

Empezando por su madre y por la mujer de su padre, Momma Lee. Claro que no siempre había sido la muerte la que le había arrebatado a sus seres queridos.

Ace no había muerto, pero también lo había abandonado.

Su hermano mayor se había encargado de todo después de la muerte de su madre porque su padre no se ocupaba de ellos ya que prefería perseguir mujeres.

Había sido Ace quien había ido a su habitación innumerables noches cuando se había despertado llorando por la pérdida de su madre, Ace había ido a sus partidos de fútbol y Ace lo había sacado de la comisaría cuando, tras emborracharse, había liado una buena en el bar.

Pero Ace se había ido para ganarse la vida como fotógrafo y, aunque Woodrow sabía que lo había hecho porque su padre lo había medio echado de casa, le dolió de todas maneras.

Entonces había sido cuando Buck Tanner había llevado a Momma Lee a casa y se la había presentado como su esposa a pesar de que todo el mundo en Tanner's Crossing, incluidos ellos, sabían que aquello era más un contrato de conveniencia que una unión por amor.

Lo cierto era que el patriarca de los Tanner necesitaba a alguien que se ocupara de sus hijos y Momma Lee necesitaba un apellido para su hijo Whit.

Desde luego, ella se había ocupado de los niños con esmero y cariño y había llegado a quererlos de verdad.

Woodrow había aprendido a quererla también, pero una noche un conductor borracho le arrebató a su segunda madre saltándose un semáforo y matándola en el acto.

Poco después de aquello, Woodrow compró su rancho y se dedicó en cuerpo y alma a él, decidido a no tener contacto con la gente para no sufrir.

Era la vida que había elegido y le había ido bien hasta que había aparecido Elizabeth.

Mientras seguía afilando palitos con la navaja, oyó el motor de un coche que se acercaba.

Era Ace.

Woodrow pensó en meterse en casa y cerrar con llave, pero no lo hizo porque sabía que no le serviría de nada.

—He venido para ver si seguías vivo —dijo su hermano bajándose del vehículo.

—Como si te interesara —contestó Woodrow—. Llevábamos más de un año sin vernos.

—Que no nos viéramos, no quiere decir que no me preocupara por ti —le aseguró Ace.

Woodrow sonrió diciéndose que probablemente era verdad.

—¿Qué haces por aquí? ¿Buscando canguro para poder salir esta noche con Maggie?

—Si te crees que mi mujer iba a dejar a Laura con un salvaje como tú, estás más loco de lo que yo creía —bromeó sentándose a su lado—.

Woodrow se encogió de hombros.

—Podría ser peor. Podría tratarse de Rory.

–¿Piensas estar enfadado con él el resto de tu vida?

–No, supongo que lo perdonaré dentro de cien años o así.

–Desde luego, no habéis cambiado nada. Sois adultos, pero seguís peleándoos como cuando erais pequeños.

–Rory es un bocazas y es él quien me tiene que pedir perdón.

–Me lo temía.

Al oír la voz de Rory, Woodrow levantó la cabeza y vio que lo tenía ante sí.

–Yo en tu lugar, me volvería a subir en la furgoneta –le advirtió.

Rory, sin embargo, avanzó hacia el porche con una gran sonrisa.

–Venga, Woodrow, no me desafíes –le dijo alzando los puños en broma–. Si te sientes mejor, podemos organizar un combate.

–No merece la pena luchar por ella –contestó Woodrow con amargura.

–Entonces, ¿por qué estás así? Sigues pensando en ella, ¿verdad?

–No –mintió Woodrow.

–Ah, entonces será que vas a hacer un gran fuego –se burló su hermano señalando el montón de cortezas que Woodrow tenía a sus pies.

–Muy gracioso.

–Te voy a contar una cosa todavía más graciosa –dijo Rory mirándolo a los ojos–. A Elizabeth le pasa lo mismo que a ti. Cuando está disgustada, necesita hacer algo con las manos, pero ella hace punto.

—¿Y tú qué sabrás?

Rory se encogió de hombros.

—Hace dos semanas que se fue y ya ha mandado tres chaquetitas y una manta para Laura.

Woodrow miró a Ace.

—Es verdad —confirmó su hermano mayor.

—Será que le gustan las labores —dijo Woodrow limpiando la navaja—. Eso no quiere decir nada.

—Quiere decir que no está feliz —insistió Rory—. Probablemente, lo esté pasando tan mal como tú.

—Yo no lo estoy pasando mal.

Rory ahogó una carcajada.

—No, tú lo estás pasando estupendamente. No hay más que verte.

—Fue ella la que se fue —les recordó Woodrow a sus hermanos poniéndose en pie—. Si está pasándolo mal, es culpa suya, no mía.

—¿Has oído al muy idiota? —le dijo Rory a Ace—. Va a dejar escapar a una mujer como Elizabeth única y exclusivamente por orgullo, por no querer dar el primer paso.

—Te acabo de decir que fue ella la que se marchó —insistió Woodrow.

—¿Por qué no te pones en su lugar? —sugirió Rory—. Según lo que nos ha contado Maggie, la vida de la doctora no ha sido precisamente fácil. Se ha pasado buena parte de su vida cuidando de su hermana Renee, que era una bala perdida, y no ha tenido mucho tiempo para alternar ni mucha experiencia con los hombres. Cualquier otra mujer que hubiera oído mi comentario de aquella mañana se habría dado cuenta de que sólo estaba bromeando. Los hombres bromeamos continuamente con el sexo.

—Yo no.

—¿Lo ves? —gritó Rory señalando a Woodrow—. Eso demuestra que tengo razón. Estás loco por ella. Si no lo estuvieras, no me habrías puesto el ojo morado aquella mañana por decir lo que dije. Tienes que mirar este asunto desde la perspectiva de Elizabeth. Para ella, la has utilizado. Imagínate cómo se debe de sentir.

Woodrow se giró hacia Ace.

—Si lo has traído para que arregláramos las cosas entre nosotros, será mejor que os vayáis los dos. No tengo nada más que decirnos.

—La verdad es que he venido para otra cosa —contestó Ace sacándose unos papeles del bolsillo.

Woodrow los leyó por encima y miró a su hermano con el ceño fruncido.

—Son los papeles de la custodia, ¿no? En cuanto Elizabeth los firme, la niña es vuestra.

Ace asintió.

Woodrow le devolvió los documentos y le estrechó la mano.

—Enhorabuena, vas a ser un padre estupendo.

–Gracias, hermano, significa mucho para mí que me digas esto –contestó Ace tomando aire–. Escucha, hay una cosa más. A Maggie y a mí nos gustaría que le llevaras tú los papeles en persona a Elizabeth, estuvieras delante cuando los firmara y que nos los trajeras cuanto antes –le pidió–. Ya sabes cómo son las mujeres. Maggie tiene miedo de que, si Elizabeth tiene demasiado tiempo para pensárselo, cambie de opinión.

Woodrow enarcó una ceja al darse cuenta del plan de su hermano y de su cuñada.

–Sí, ya, claro.

En ese momento, Rory tomó los papeles de la mano de Ace.

–Ya te dije que era un cobarde y que no iba a querer ir –dijo–. Está bien. Iré yo.

–¡De eso nada! –exclamó Woodrow arrebatándole los documentos al imaginarse al ligón de su hermano pequeño cerca de Elizabeth.

Capítulo Nueve

Woodrow llegó a Dallas antes de medianoche, pero incluso a aquella ahora había atasco.

Preguntándose cuándo demonios dormiría aquella gente, tomó la salida que lo llevaba a casa de Elizabeth.

Durante las tres horas de trayecto, había tenido mucho tiempo para pensar y había pensado sobre todo en lo que le había dicho Rory.

Aunque le costaba admitir que su hermano pequeño tuviera razón, Woodrow tuvo que reconocerse a sí mismo que lo más probable era que Rory conociera a Elizabeth mejor que él.

Era cierto que Elizabeth era muy ingenua con muchas cosas, sobre todo con los hombres y era obvio que oír el comentario de Rory le habría hecho daño porque era una mujer muy sensible.

Woodrow empezó a darse cuenta de que, obviamente, Elizabeth había creído que la había utilizado para convencerla de que renunciara a sus derechos de custodia sobre Laura a favor de Maggie y Ace.

Si lo hubiera conocido un poco más, habría sabido que eso era imposible porque Woodrow jamás mentía ni engañaba a nadie.

Era incapaz.

Lo ponía de mal humor que Elizabeth pudiera haber creído una cosa así de él.

Paró frente a un semáforo que estaba en rojo e intentó liberarse de la tensión que se le había acumulado en los hombros haciéndolos girar varias veces hacia atrás, pero fue inútil.

Tenía los hombros y el cuello agarrotados.

¡Cuánto odiaba las ciudades!

Y Elizabeth había elegido una ciudad para vivir. Aquello hizo que se volviera a tensar porque, aunque estuviera enfadado con ella, se había dado cuenta de que no podía vivir sin ella.

¿Sería capaz de vivir en Dallas?

Se estremeció al pensarlo y tamborileó nervioso sobre el volante esperando a que el semáforo se pusiera verde.

Al mirar por el espejo retrovisor, se quedó helado.

En el coche de atrás había un montón de chicos que no debían de tener más de dieciséis años. El conductor estaba aporreando el volante como si fuera un tambor al ritmo de una canción de rap que atronaba desde los altavoces.

Llevaba el pelo teñido de naranja y la nariz, la ceja y el labio inferior llenos de pendientes.

Para colmo, Woodrow vio que se estaban pasando algo que todos fumaban y sospechó que no era precisamente un cigarrillo.

–Madre mía –murmuró–. Vuestras madres

deben de estar haciéndose cruces por haberos traído al mundo.

Entonces, recordó cuando él tenía aquella edad, la edad de la rebeldía. Si no hubiera sido por Ace, probablemente habría terminado como los chicos de aquel coche.

Un pitido lo sacó de sus cavilaciones, miró hacia él semáforo y comprobó que se había puesto en verde.

–¿Qué pasa, paleto? –le dijo el chico del coche de atrás–. ¿Estás ciego o qué?

Woodrow miró por el retrovisor y vio que el chico lo saludaba con el dedo corazón en alto.

Aquello fue más de lo que pudo soportar. Tras apagar el motor, se bajó y se colocó junto a la puerta del otro vehículo en cuatro zancadas.

–Tienes cinco dedos en la mano y, si no quieres quedarte sin los otros cuatro, será mejor que tengas mucho cuidadito con el del centro –le advirtió.

El chico miró a su acompañante y se rió.

–¿Me vas a pegar, vaquero? –lo desafió.

–Pareces muy valiente –contestó Woodrow–. Sal del coche a ver si lo eres de verdad.

El chico miró a los acompañantes que iban en el asiento de atrás y abrió la puerta de una patada, estrellándola contra las rodillas de Woodrow.

Pillado por sorpresa, Woodrow ahogó un grito de dolor y, en un abrir y cerrar de ojos, estaba en el suelo recibiendo patadas y golpes de toda la pandilla.

Sintió un puñetazo en el ojo y otro en el estómago, una patada en las costillas y un tirón de pelo hacia atrás.

Como a cámara lenta, vio una navaja que iba hacia él.

Sabía cómo era la muerte, a qué sabía, pero no estaba dispuesto a morir ahora que había comenzado a vivir, ahora que la mujer a la que amaba estaba a tan sólo tres manzanas de allí.

Sobre todo, tenía que decirle que la quería.

Movió la cabeza hacia la izquierda y la navaja le pasó rozando el cuello. Entonces, se levantó con un rugido y se quitó al chico que lo tenía sujeto por detrás.

A continuación, abrió los brazos y empujó a los otros tres contra el coche. Tomó aire y se giró, preparándose para vérselas con el resto de la banda.

Pero lo que vio fue el cañón del revólver de un agente de policía.

–Ponga las manos sobre la cabeza –le dijo el agente.

Woodrow levantó las manos y entrelazó los dedos sobre la cabeza.

–Se lo puedo explicar –le dijo.

–Ya lo explicará usted todo en la comisaría –contestó el policía–. Andando.

Dos horas después, Woodrow había conseguido convencer al agente de que no era un psicópata que hubiera sufrido un ataque de violencia al volante.

Por supuesto, el hecho de que encontraran marihuana en el coche de los chicos ayudó bastante.

Además, se trataba de una banda que llevaba varios meses aterrorizando al barrio.

Así fue como Woodrow consiguió salir de la comisaría a las dos de la madrugada con el cuerpo magullado y exhausto.

Al llegar a casa de Elizabeth, llamó al timbre y esperó.

A los pocos minutos, se encendió la luz del porche.

—¿Quién es?

Al detectar el miedo de su voz, Woodrow sonrió y se la imaginó al otro lado de la puerta con una sartén en la mano para defenderse.

—Soy yo, Woodrow —contestó.

La luz se apagó y Woodrow creyó que la puerta se iba a abrir, pero no fue así.

—¿Elizabeth? ¿No me vas a dejar entrar?

—No, vete o llamo a la policía.

Woodrow gimió al comprender que no escaparía una segunda vez de la policía con tanta facilidad como lo había hecho la primera.

—Venga, Elizabeth —suplicó apoyando la mano en la puerta—. Sólo quiero hablar contigo.

—Yo no tengo nada que decirte ni quiero escucharte, así que, por favor, vete.

Woodrow dejó caer la cabeza sobre la mano

y comprendió que era culpa suya que no lo quisiera ver.

Rory había sembrado la sospecha en su mente con aquel comentario, pero él había dejado que creciera al no ir a buscarla inmediatamente para explicarle la verdad.

Convencido de que no merecía su perdón, se enderezó con un suspiro y se chupó la sangre que le caía del labio.

–Está bien, me voy –le dijo–, pero ¿te importaría darme una tirita?

Al ver que Elizabeth no contestaba, Woodrow creyó que ni siquiera le iba a dar la tirita, así que se giró para irse, pero se paró en seco cuando oyó la puerta.

Al girarse, vio a Elizabeth en bata y pijama.

–¿Para qué quieres una tirita?

Woodrow se llevó los dedos a los labios.

–Para cortarme la hemorragia.

–¿Estás sangrando? –exclamó Elizabeth yendo hacia él, pero controlándose a tiempo–. ¿Qué te ha pasado?

A Woodrow le dio vergüenza admitir que un par de mocosos le hubieran pegado, así que prefirió una contestación ambigua.

–Digamos que he tenido problemas viniendo para acá.

Elizabeth dio un paso hacia él y le examinó más de cerca.

–Madre mía, Woodrow, estás sangrando.

–Ya lo sé –contestó Woodrow–. Por eso te he pedido una tirita.

Elizabeth tragó saliva, lo tomó de la mano y lo condujo al interior de su casa.

–¿Quieres ver a un médico? –le preguntó preocupada mientras lo llevaba a la cocina.

Woodrow se dejó caer en una silla y sonrió.

–No sé si estaré soñando, pero creo que tengo a uno delante.

–Voy a por el botiquín de primeros auxilios –dijo Elizabeth soltándole la mano.

Woodrow la observó mientras salía de la cocina, echó la cabeza hacia atrás y cerró los ojos con un suspiro.

Aquello no iba ser fácil porque era obvio que Elizabeth quería seguir estando enfadada con él.

–Esto te va a escocer.

Woodrow abrió los ojos y vio que Elizabeth se inclinaba sobre él con una torunda de algodón impregnada en algo.

–¿Qué me das si no lloro? –bromeó Woodrow intentando arrancarle una sonrisa.

–Nada, porque tengo los chupachups en la consulta –contestó Elizabeth muy seria.

–¡Eso quema! –se quejó Woodrow.

–Es mejor eso a que se te infecte –contestó Elizabeth.

–La he oído a Maggie decir lo mismo –dijo Woodrow–. ¿Os enseñan esas frases en la facultad de medicina?

Elizabeth impregnó una torunda limpia en crema y fue hacia él de nuevo.

–No, a mí me lo decía mi madre –contestó–.

¿Listo? –le preguntó dispuesta a volverle a limpiar la herida.

–Ya me has echado de eso una vez –contestó Woodrow echando la cabeza hacia atrás–. ¿No es suficiente?

–Te aseguro que, si hubiera sido suficiente, no insistiría en volvértelo a poner.

–Date prisa –le pidió Woodrow–. No me gusta sufrir.

–A mí, tampoco –murmuró Elizabeth mientras le volvía a limpiar la herida.

Al detectar la amargura con la que lo había dicho, Woodrow la tomó de la muñeca y la miró a los ojos.

–Sé que lo que oíste decir a Rory te dolió –le dijo–. Por eso quiero que sepas que no era cierto. Lo que sucedió entre tú y yo... simplemente sucedió. No formaba parte de ningún plan para convencerte de que entregaras a la niña.

Elizabeth se quedó mirándolo a los ojos durante un rato, como si buscara algo en ellos. Fuera lo que fuese, no debió de encontrarlo porque se apartó y se alejó.

–Tienes tiritas en la caja –le dijo con frialdad–. Cierra bien la puerta cuando te vayas.

Había llegado prácticamente al pasillo cuando Woodrow consiguió reaccionar, levantarse, ir hacia ella y agarrarla del brazo.

–Espera, por favor –le suplicó girándola hacia él y tomándole el rostro entre las manos–.

Elizabeth, debes creerme. Jamás haría nada que te hiciera daño. Te lo juro.

Elizabeth echó la cabeza hacia delante y las lágrimas se deslizaron por sus mejillas entrelazándose con los dedos de Woodrow y quemándole la piel como si fuera ácido sulfúrico.

—Por favor, vete —le dijo—. Ya he hecho bastante el idiota.

—¿Idiota? —repitió Woodrow negando con la cabeza—. De eso nada, Elizabeth. Eres muchas cosas, pero te aseguro que no eres idiota.

—¿Cómo que no? —gritó Elizabeth apartándose de él con los ojos arrasados por las lágrimas—. Soy una idiota —insistió—. Comencé nuestra relación convencida de aquello que habíamos hablado de que entre nosotros no había expectativas, ataduras ni compromisos —le recordó apretando los puños—. Pero me enamoré de ti. Sabiendo que hacer el amor conmigo no significaba nada para ti, fui lo suficientemente idiota como para enamorarme de ti.

—Me parece que aquí el único idiota soy yo —contestó Woodrow sacudiendo la cabeza—. ¿Has dicho que estás enamorada de mí? —añadió mirándola con curiosidad.

—Sí —contestó Maggie entre sollozos—. ¿Te importaría irte ahora?

Woodrow negó con la cabeza y fue hacia ella.

—Lo siento mucho, pero no puedo irme.

Elizabeth levantó las manos como para indicarle que no se acercara más.

—Woodrow, por favor.

Woodrow aprovechó para tomarle las manos y apretárselas.

—Tenemos un problema —anunció.

Elizabeth levantó el mentón.

—Yo soy la única que tiene un problema y ya veré cómo me las apaño.

—No, el problema es de los dos —la corrigió Woodrow—. Yo también estoy enamorado de ti, así que el problema es compartido.

—Woodrow, yo... —dijo Elizabeth interrumpiéndose y mirándolo con los ojos muy abiertos—. ¿Qué has dicho? —murmuró.

—¿Que me he enamorado de ti?

—Sí, eso —contestó Maggie mirándolo a los ojos.

Woodrow sonrió.

—Yo también me enamoré de ti —repitió con alegría—. No sé exactamente cuándo, pero ocurrió.

Elizabeth entrelazó sus dedos con los de Woodrow y sonrió también.

—Oh, Woodrow, eso no es un problema.

Woodrow suspiró y la condujo a la silla.

—Me temo que sí lo es —dijo sentándose y sentándola a ella en su regazo—. Lo cierto es que yo odio las ciudades y tú vives en una —le explicó agarrándola de la cintura—. A mí no me apetece nada llevar una relación a distancia porque mi profesora de lengua me enseñó en quinto curso que eso es un gran oximorón.

Elizabeth lo escuchaba con el corazón en un puño.

–¿Entonces qué sugieres que hagamos para solucionar el problema?

–¿Qué te parecería a ti trasladar la consulta a Tanner's Crossing? –propuso Woodrow esperanzado–. Sólo hay un pediatra y da la casualidad de que es amigo de mi familia, así que podría hablar con él para que compartierais consulta. No haría falta que compraras ni que alquilaras nada, sólo tendrías que ir y ponerte a trabajar con él –le explicó–. ¿Qué te parece?

Elizabeth lo miró con lágrimas en los ojos y lo abrazó con fuerza.

–Me parece una idea maravillosa.

Woodrow dejó caer la cabeza hacia atrás y suspiró aliviado.

–Gracias a Dios –murmuró.

Aquello hizo reír a Elizabeth.

–¿De verdad llevarías tan mal vivir en Dallas?

Woodrow se señaló la cara.

–¿Ves esto? Y eso que sólo llevo una noche aquí. Si me quedara a vivir en esta ciudad, no sé lo que me pasaría.

–¿Qué te ha ocurrido? –quiso saber Elizabeth.

Woodrow alargó las piernas para estar más cómodo.

–Me atacaron por intentar darle una lección a un chico.

–¿Por qué?

–Por ser un estúpido.

–La estupidez no es un delito –rió Elizabeth.

–Lo es cuando una pandilla de adolescentes le tocan las narices a Woodrow Tanner.

Elizabeth volvió a reírse y le echó los brazos al cuello.

–Oh, Woodrow, cuánto te quiero –le dijo abrazándolo con fuerza.

–¿Lo suficiente como para estar conmigo toda la vida?

Elizabeth lo miró a los ojos y vio en ellos esperanza, así que se inclinó sobre él y lo besó.

–Para eso y para mucho más –le aseguró.

Woodrow la besó con pasión, intentando recuperar el tiempo perdido.

–Te tengo que confesar una cosa.

Elizabeth se tensó ante la seriedad de sus palabras.

–¿De qué se trata?

–No habría venido si Ace no me lo hubiera pedido.

–¡Eres un…!

Antes de que le diera tiempo de levantarse, Woodrow la agarró de las manos.

–Lo que importa es que he venido –le dijo–. No he venido antes porque estaba enfadado.

–¿Estabas enfadado? –gritó Elizabeth–. ¡Yo era la que tenía motivos para estar enfadada porque me sentía utilizada!

–Sí, pero me abandonaste. Ni siquiera me concediste el beneficio de la duda, no me dejaste explicarme.

–Oh, Woodrow –murmuró Elizabeth pasando del enfado a la pena–. Perdona –añadió acariciándole la mejilla–. Debería haber confiado en ti porque sé que tú jamás me harías daño intencionadamente.

–¿De verdad lo sabes?

Elizabeth sonrió entre lágrimas y se llevó la mano el corazón.

–Sí.

–Ahí es donde quiero estar siempre –sonrió Woodrow emocionado–. En tu corazón.

–Lo estás y siempre lo estarás.

Woodrow suspiró aliviado y se llevó la mano al bolsillo.

–Ahora que hemos solucionado esto, tenemos que hablar de otra cosa –anunció.

Elizabeth lo miró con curiosidad.

–¿De qué se trata? ¿Qué es eso?

–Los documentos del abogado.

–Para que renuncie a mis derechos de custodia –murmuró Elizabeth con tristeza.

Woodrow se dio cuenta de que miraba los documentos preguntándose si habría ido a buscarla para que se los firmara.

Entonces, vio claro lo que tenía que hacer.

Con decisión, tomó los documentos y los rompió de arriba abajo.

–¡Woodrow! –exclamó Elizabeth–. ¿Qué haces?

Woodrow tiró los papeles al aire.

–No valen –contestó–. Pone que eres la tía de la niña, pero eso va a cambiar en breve porque, en cuanto nos hayamos casado, serás su hermanastra.

—No lo había pensado —recapacitó Elizabeth poniéndole la mano en el pecho—. Cuando me dijiste que Renee había muerto, creí que había perdido lo poco que quedaba de mi familia, pero no ha sido así —añadió llorando.

Woodrow le tomó la mano y se la besó.

—No, en realidad has ganado más familiares de los que probablemente quieras. Somos cinco hermanos y acabamos de empezar a tener hijos. imagínate lo que van a ser las Navidades dentro de un par de años. Habrá niños por todas partes.

—¿Y tú crees que algunos de ellos serán nuestros? —preguntó Elizabeth esperanzada.

—Por supuesto que sí. Por lo menos, dos. Tal vez, si nos ponemos rápido, tres.

Elizabeth lo miró enarcando una ceja.

—¿Qué te parece ahora mismo?

Epílogo

En septiembre había hecho más calor de lo normal, pero en octubre habían descendido las temperaturas para recordar a los mortales que el invierno estaba cerca.

El viento discurría entre los árboles que rodeaban el cementerio familiar de los Tanner donde estaban enterradas cuatro generaciones de la familia.

—Muchas gracias —le dijo Elizabeth a Woodrow tomándolo de la cintura—. Significa mucho para mí tener a Renee cerca.

—Sin quererlo, mi padre la trajo a esta familia, así que lo justo es que esté enterrada con nosotros —contestó Woodrow.

Emocionada porque Woodrow aceptara a su hermana con tanta facilidad sin haberla conocido, Elizabeth lo abrazó y sonrió.

—Eres un buen hombre, Woodrow Tanner.

—No sé si soy un buen hombre, pero, desde luego, he conseguido hacerme con una buena mujer —sonrió Woodrow.

En ese momento, un ruido a sus espaldas los interrumpió.

–¿Qué es eso? –preguntó Elizabeth con curiosidad.

–Es Ace haciendo sonar la campana para que vayamos. Solía hacerlo cuando éramos pequeños –le explicó Woodrow tomándola de los hombros y andando hacia la casa–. Me parece que la fiesta está a punto de empezar.

–Parece que han llegado todos –contestó Elizabeth viendo que había un montón de gente en el jardín–. Han llegado Rory y Whit. ¡Y Dixie! –exclamó reconociendo a la jefa de su hermana–. ¿Pero no me habías dicho que iba ser una celebración familiar?

Woodrow se encogió de hombros.

–Dixie es de la familia –contestó–. La sangre no importa, lo que importa es lo que llevas en el corazón –le recordó–. No te importa que la haya invitado, ¿verdad?

Elizabeth sintió que amaba a su marido todavía más.

–Por supuesto que no me importa –contestó dándole un beso en la mejilla.

Woodrow tomó a su mujer de la mano y la condujo hacia la fiesta. Al llegar al jardín, se rió observando sus hermanos.

–Mira, Rory va hacia Ry. Les doy cinco minutos –rió–. Ya verás qué poco van a tardar en emprenderla a puñetazos.

–Desde luego, no os entiendo –contestó Elizabeth sacudiendo la cabeza–. Es evidente que os queréis, pero parece que os gusta pegaros.

Woodrow chasqueó la lengua.

–Supongo que hay que ser hombre para entenderlo.

Elizabeth comenzó a caminar más lentamente y, de repente, se paró.

–¿Qué te pasa? –preguntó Woodrow.

–Me preocupa Ry.

–¿Por qué?

–Porque parece realmente infeliz –contestó Elizabeth mordiéndose el labio inferior y mirando hacia su cuñado–. Cuando me dijiste que se estaba divorciando, creí que sería por eso, pero ahora creo que hay algo más.

–Te preocupas demasiado –sonrió Woodrow–. Ry está bien. Probablemente, estará pasando por un mal momento, pero nada más.

–Espero que así sea –contestó Elizabeth temiendo que no fuera así.

–¡Aquí llegan! –gritó Ace–. ¡Abrid el champán!

Elizabeth y Woodrow se vieron rápidamente rodeados por su familia, que reía y charlaba a su alrededor celebrando el inicio de su nueva vida en común.

En el deseo especial titulado:*En manos del dinero* podrás leer la siguiente novela de la apasionante serie de Peggy Moreland